橫筆獨詩天下

全集終極修訂版

陳進勇　著

目次

《歡欣的上帝》

日曆

作者：陳進勇

死亡的
登記簿
一頁
一步
走近墳墓
一步
一頁
記進歷史

詩人和詩

作者：陳進勇

我選擇了這條路
我付出了巨大的代價
三年，整整三年的壓抑
使我的身心受到了很大的打擊
詩情畫意在我心中翻騰撞擊
洶湧澎湃就要衝破我的胸膛
可我還是壓抑、壓抑、再壓抑
這時候
還不能隨意地傾訴
這時候

還要有所禁忌和應付
不能、不能、不能隨心所欲的抒情
不能、不能、不能順其自然地表達

多少個日日夜夜
多少次詩興大發
我都壓抑、壓抑、再壓抑
生活的貧困
精神的打擊
我都忍耐、忍耐、再忍耐
辛辛苦苦的奮鬥
只有我自己明白
我的真正價值
只要我不死
我決不會倒下
只要我還活著
我必定要實現我的意志
我相信
我決然不會辜負我
我也相信
我有這個能力
我生在貧困中
我就要在貧困中崛起
我處在苦難裡
我就要在苦難裡挺立
儘管現實是多麼的無情和殘酷
儘管生活裡沒有理由可說
可作為真正的詩人的我
將勇敢地拼搏出一條光輝無比的道路
讓挫折艱難成為我昂首下的敗敵
我時刻都牢記

是人就應有堅強的意志
是人就應該頑強地實現自己的理想
只有動物
低級的動物才依靠自身的本能生活
只有動物
低智商的動物才盲目隨從地過活
不管怎麼樣
呻吟不是我的呼喚
歎息不是我的心聲
昂首才是我的象徵
傲笑才是我的氣概

當我拿起筆
我就非同一般人的所能
當我拿起筆
我就被靈感緊緊地把握住命脈
我註定要經歷過百般的磨難
當我拿起筆
我就肩負著歷史的重任
為世界的人類
奉獻出自己的最大貢獻

是詩魂要我這麼做
是詩靈要我這麼走
詩的靈感時時都在呼喚著我
不能去圖個人的富裕舒適
你肩負著不可推卸的文學重任
你必須創造出一個美好的詩歌未來
讓人們在這裡歡樂和幸福
讓人們在這裡覺醒和感悟

物質的財富
代替不了你的智慧
金錢的誘惑
代替不了你激昂的詩情
金錢財富只是暫時的、表面的、私欲的
只有你的智慧
才是永恆的、內在的、高尚的
一切的一切都證明
金錢財富遠遠不如智慧財富
智慧財富是無法用金錢財富所能計量的
金錢財富呀
往往靠巧取、豪奪才使某些人發跡
且不說是否來得乾淨見得光
可智慧財富
卻是真真實實的來不得半點虛假
擁有前者俗能
擁有後者人傑
為私利奔波無足掛齒
為智慧挖掘千古流芳

我的心時時在跳動
我的靈感刻刻在閃光
只要我還生，只要我還活
我絕不會，絕不會放下我手中的筆
毀滅我要迸發的激情

我要呼，我要喊
我要說，我要道
這是一個怎樣的世界
美與醜，惡和善的較量
永不停息，周而復始地糾纏廝殺

影視出多少幅壯壯烈烈的悲哀景象
然而，歷史永遠前進
社會無限發展
再大的代價也必須為新的紀元付出
一切的一切成為了現實
悲哀的悲哀，讚歎的讚歎
時間都會醫治傷口
淡忘留記在記憶中
消失了以前的感慨

我愛我的詩勝過愛我的生命
我愛我的生命就必須愛我的詩
是詩喚起了我求生的本能
是詩激勵著我奮鬥不止
是詩給予我慰撫
是詩給予我力量
詩，是我人生的伴侶
詩，是我生命的基因
詩，只有詩是我患難與共的朋友
詩，也只有詩才是我同心同德的知己

我愛詩
因為詩分得清好壞
我愛詩
因為詩有著正義感
我愛詩
因為詩指引著我生活
我愛詩
因為詩教會我作人

我愛詩
因為詩不分貧賤尊卑
我愛詩
因為詩聚集著人類的最高智慧精華
詩，只有詩使我歡樂愉快
詩，只有詩使我歡欣鼓舞
我為自己，為祖國，為人類
耕耘在詩的天地上
因為詩
具有不可教，不可學的內涵
因為詩
需要先天的天分靈感
我才不放棄詩

1990年5月30日

蛇

作者：陳進勇

不要害怕我輕柔的體態
那彎彎曲曲的舞姿
只要你不對我敵視
我就會把你當作情人
在你面前起舞
教與你真正的人生

看我曲曲折折的道路
永遠不息的向前

只要敵人膽敢侵犯
我就鼓足力氣，抬起高高的頭
迎著敵人
吐著分叉的舌宣誓
不死不會抵頭

我柔：像情人懷抱中的少女
默默無言
我剛：像揮舞中有力的鋼鞭
不會甘休
對善意的人們
我會用我柔軟的腰肢溫順地依偎
就像常青藤一樣纏繞著綠樹
訴與柔情和心願
共攀美麗的天空
追求靈性的春意

1991年3月30日

生日

作者：陳進勇

當哇哇叫的你
降生於人間
你一生中
最幸運的就是今天
就因為今天
你才有機會

來到這個世界
不管這個世界
是否美好
你都不能忘了
今天

如果不是今天
你就未涉人世
如果不是今天
你就無緣品嘗世味
如果不是今天
你就無望試嘗人間的甜酸苦辣
如果不是今天
你就未能體會世人的喜笑怒恨
如果不是今天
你就不知世事的真假正邪
如果不是今天
你就不知世間的美醜善惡
如果不是今天
這個世界就沒有你的存在

就因為有了今天
才有了你的生命
如果你要感謝上帝
賜予你誕生于人間的機會
你就必須首先感謝父母
造就了完整的你
上帝賜予你的
僅僅只是一時的運氣
讓你有了今天的生日
父母賜予你的

卻是整個的精華機體
讓你擁有生命的拼搏本錢

上帝賜予你機遇
父母卻賜予你生命
如果你真的想擁有個美好的未來
如果你真的想創造出個繽紛的世界
今天你就要記住
生日就是你的起點
你一生的轉折就是今天

1991年4月7日為自己生日而作

歡欣的上帝

作者：陳進勇

作為詩人的我
在沒有獲得稿酬之前
就只好過著苦行僧般的生活
吃素是我的本分
開葷是我的罪過
貧困潦倒的我
有吃便不錯

無須顧及世俗的目光
有裹腹遮羞之布
衣衫襤褸本無所謂
最令我難受的是

饑腸轆轆的看書
精神上的抗掙
也克服不了肚餓的意志
上帝的勸告
我也無奈的「絕食」

曾經流浪在街頭
飽嘗過午夜的風味
曾經與火車同行
步返我遙遠的故鄉
有過夜闖深山野嶺
受到小人惡徒的迫害
有過四方乞人求助
遭遇一切白眼冷待

步步都走向絕望
不得不疑心自己的理想
生活上無能的我
不得不忍受世間上的苦難
思想上的賓士
心靈上的迸發
都不是原始肌體的對手
一個自生低能的我
在任何時代的社會
都必須受到世間上最絕望的折磨

生對於我說
比死還難受
死神便是我最歡欣的上帝

1991年11月21日看書肚餓而作

安魂曲

作者：陳進勇

夜幕已經來臨
安息吧
世界上將去世的人們
上帝會寬恕你生前的過錯
後代會牢記你生時的恩情
安息吧
把你微睜的眼睛閉上
把你開啟的嘴唇合攏
一切的憂慮
都將有世人來承擔
安息吧
你的使命已經完成
你的貢獻世人早已接受
剩下來的
就讓年輕人來辦

鐘聲已經敲響
安息吧
世界上將要超度的亡靈
上帝的信使已經召喚你上路
天上的眾神已經列隊歡迎
安息吧
把你高舉的手垂下
把你屈曲的腳伸直
一切的勞作
都將有世人來承擔

安息吧
你的任務已經完成
你的功績世人早已公認
剩下來的
就讓後代人來創

樂曲已經奏響
安息吧
世界上將要離去的亡魂
上帝的歡宴已經為你擺好
天上的眾神就只差你一個
安息吧
把你凹陷的胸膛挺起
把你佝僂的腰肢擺平
一切的喜慶
都將由神靈來祝賀
安息吧
你的前程已經通向天堂
你的舞臺已經不在人間
留下來的
就讓世人來主宰

1991年12月3日

詩人的命運

作者：陳進勇

作為詩人
應該明白
世事不會賜予美好的願望
生活只給悲傷的路走
再輝煌的事業
也只能在痛苦的世界中建立

歷史賦予詩人神聖的職責
卻沒有賜給生時的歡樂
生活需要詩人的高歌
卻沒有分予幸福的回報
命運註定
是詩人就要受到百般萬難的折磨

也許
詩人生下來就比其他人更敏感
世間苦楚的事就更多更容易感受
這就註定
詩人的命運
是一個痛苦而悲哀的命運
對世間不平之事的不滿
卻又無能為人類掃平
是命運悲哀的根源歸宿

1992年12月6日

難為的詩人

作者：陳進勇

作為詩人
很難駕馭自己
與現實生活中的體位

在航行的航程中
是孤軍獨行的帆船
風和浪時常都在圍困
想把你置之死地而後快
上掃下搖
為的只是把你埋葬

呼籲呀
心聲只有自己聽聞
就是真正的航海家
也無法為你排憂解難
只有你
認得自己的航標
是美麗無瑕的詩章
那錨地
是詩人筆下的偉靈

艱難的生活
讓詩人無法適從
苦楚的人際
讓詩人望而生畏
在這個絕望的日子裡

怎樣才能忘卻生活中的憂傷苦悶
只有是詩這塊理想的天地
才寄託著詩人無限的深情渴望

1992年12月20日

年輕的生命要懂得

作者：陳進勇

年輕的生命
您要懂得
愛的世界
不是肉體的佔有
美的生活
不止是性的快感
請把那些虛假的面具撕下
都是金錢中的鬼蜮
在錢的主宰下
顯露出赤裸裸的銅臭嘴臉
和那見不得人的肉體蠕動

鮮花也許會在流毒中開放
美譽卻不會在醜惡裡誕生
愛不會是表面上的親熱
愛是心靈中的相互共通
情可以在權力和刀槍下假生
愛卻是世間所無法主宰的世界

1993年2月6日

狗和上帝

作者：陳進勇

陳進勇哦
您是我的上帝
也是我的主人
我是您的狗
也是您最忠誠的朋友

陳進勇哦
我可敬的上帝
世界上最親愛的主人
請您不要再哭泣悲傷
世間不過如此表面人情罷了
只有狗才對您忠心耿耿
您最親愛的她就由她去吧
天要下雨，娘要嫁人
這是無可奈何的事情
只可憐您的女兒
我的一歲半的小主人沒娘

陳進勇哦
我可敬的上帝
世界上最親愛的主人
請您不要再哭泣悲傷
您最親愛的她
只能和您共享幸福
決不能與您共度艱難
只有狗才不嫌主貧

您最親愛的她就由她去吧
人往高處走，水往低處流
這是無可奈何的事情
只可憐今後的您、我、她
就必須相依為命

1993年6月27日

賭徒

作者：陳進勇

昏暗的角落裡
一群賭紅了眼的人們
蹲著、坐著、站著
金晴火眼的看牌
盤算如何擺牌才贏對手

手在顫動
好牌者內心在狂喜
壞牌者心底在抽涼
贏家總想發財
輸家總想撈回本

贏的時候
總覺得錢是那麼易來
花配它感到輕鬆愉快
輸的時候
總覺得賭錢的後悔

尋找它卻是那麼的艱難絕望

煙在燃
血紅的眼相對
大家都把命運押在牌上
那不僅僅只是賭徒的命運

1993年8月8日

男兒歌

作者：陳進勇

請把你們的頭仰起來
世界上所有的男兒
生活的歌手不是軟弱弱的懦夫
歡樂的樂曲不是無能為力的呻吟

請把你們無知的警鐘敲響
世界上所有有良知的孩兒
愉快的生活不是花天酒地空其談
情欲的快感沒有高尚的情操是獸行

折耗的愛情又算得了些什麼
就算是西施般的情人也不能為她亡命

請記住
一個有作為的男人
不該只圍繞著一個女人過活

上帝能容忍得女人的庸俗
上帝卻不能容忍得男人的無為
一個有血性的男子漢大丈夫
生下來便應該頂天立地
在事業上
理該獨樹一幟，獨霸一方

1993年9月22日

賣柑者與碎石頭言

作者：陳進勇

賣柑者
賣柑為人來消遣
只為果腹老少事
詩人淪落街頭當果販

苦澀事
壯志難酬夢難圓
尷尬丟筆拿秤論斤兩
價討言磨無聊事

婀娜多姿女郎來
苗條身材按摩女
賣笑生涯玉面婦
不出聲，不示意
不問價錢把柑挑
黃黃大大心意滿

斤金斤柑決不賣
起身怒目把我問
是何緣由不賣柑
報來直說不用腥臭錢

怒從心頭起，惡向膽邊生
手指我鼻叫罵起
天下烏鴉一般黑
別言清高作偽君
且說說
有為官的圓滑
有為商的奸詐
有為工的勢利
有為農的無知
貪官污吏，腐敗腐朽的發財
勞民傷財，搞的是損國損民肥私事
吃吃喝喝，刮的是民脂民膏
這才是骯髒的錢！這才是腥臭的幣

話說當年我還是個小女子
十八歲的女孩，十八歲的夢
十八歲的青春，十八歲的年華
不也是逼良為娼供人樂
道德敗壞的不只是娼妓淫婦
還有嫖客和鴇頭
喪盡人性的不只是賣笑女
還有衣冠楚楚、人面獸心的偽君
真正該千刀萬剮的不是按摩女
而是那些道貌岸然披著人皮的惡狼
要不是那些誘騙拉人下水的皮條客、鴇頭
說句心裡話

姑奶奶的我又怎會下賤到如此地步
連你這個臭賣果子的也瞧不起
唉！老娘算是丟了祖宗的臉

1993年9月25日

孤兒之歌

作者：陳進勇

孩子們
請靜心細聽
孤兒之神現在向你們建告

你們必須聯合起來
世界上沒有父母的不幸孩子
在這個弱肉強食的現實社會中
你們必須有一個維護利益的實體

絕望的哭叫和廉價的淚水
都不能換得幾分真情！幾顆熱心
就連你們的親生父母
也一樣的把你們拋棄
無情的世間，寒心的人世
只有你們才能挽救自己

所有的不幸孤兒
你們必須樹立起堅強的信念
和頑強不屈的雄心

請記住
孤兒之神的信條
窮能堅志
富可中庸
無父無母可助的孩子
更是造就業績的堅強
靠父母，靠別人發家致富
是沒有出息的兒女
靠職權，靠見不得人的手段
更是遺臭無恥的偽君小人
只有靠自己，靠光明磊落的胸懷
才值得驕傲和光榮

世上所不能享受父愛、母愛的孩子們
你們需要懂得人間的恩義所在
你們更需要有明辨是非的能力
請理解
你們的父母大人
死去的固然不可追究
在生的拋棄未成年的孩子
這一切的苦衷和藉口
都不能剝奪對孩子的所愛
任何不顧幼兒的自私行為
都是喪失父母天職的恥辱
任何不履行父母職責的行為
都是不能洗掉埋葬慈愛的罪過
不愛子女的父母
就該永遠受到良心上的譴責

1993年11月10日

半夜的哭泣

作者：陳進勇

女兒啊
世間上我最親愛的人
現在是一九九四年元月五日的凌晨
在你熟睡的時刻
卻不知你的爸爸淚流滿臉

我實在想向你傾訴
我可愛的女兒啊
可你只有兩歲，只有兩歲哦
你懂得了些什麼
你連哭都不會識停
你又怎會體會得此時此刻的爸爸

女兒啊
我不怕對你說
現在能和我們同甘共苦的只有白狗
在患難中，狗並沒有離開我們
而你的媽媽卻真正的把你拋棄
可無知的你
卻只知道向你的爸爸哭鬧著要玩要吃
不懂得苦難正重重的降在頭上

莎莎哦，莎莎
我可親可愛的女兒
也許將來的某一天
你會說爸爸對你不好

卻不知爸爸用淚水把你伴大
對你而言
世上只有爸爸好

女兒啊，女兒
我正在撫摸著你天真的睡臉
卻希望你現在就是成人
能分擔你爸爸的痛苦
你的媽媽愛的只是你爸爸的才華
決然不會和我們患難與共
離開我們確實因為爸爸太貧窮
她的幸福不會建在你我的身上

你驚醒了
莎莎，我最親愛的女兒
請原諒你爸爸的淚滴把你打醒
爸爸悲心難止，訴說難停
你睡吧，夜已深沉
就此停泣以好睡眠
我愛你——莎莎
只有爸爸才會真心的痛你

1994年1月5日凌晨

離恨歌

作者：陳進勇

雷在鳴
雨在下
半夜無人鬼在泣
陳氏空有奪人志
更有何人識君才

別哭兒女戀故土
此地不容龍出頭
不如投奔異鄉去
免得埋沒福綿作野夫

古今豪傑不久在
不信可看朱重八
不走麥城沒今朝

1994年3月30日

迷茫的人生

作者：陳進勇

總感到做人是那麼的艱難
卻不得不做人

違背良心的話不想說
傷天害理的事不想幹
可無形的手卻向你推來
為人的準則和文化的修養
在銅臭中腐化

喝一口社會的苦水
青春的夢想和中學時的純真
就在無奈中失落
人的生活到底是為了些什麼
這或者連我們的聖人也不知道吧

1994年4月12日

窗前的畫像

作者：陳進勇

久久不能忘懷的
是你那俏麗的倩影
那妙不可言的聖像

每當你在窗前出現
就會激起我心中無限的感慨
我不知道用什麼來形容你才好
說你是青山
你卻比它「翠綠」養眼
講你是綠湖
你卻比它更令人動心

話你是天仙
你卻是那麼的現實、實在
生在人間
道你是女神
可你比她更加可愛可親
令我神往
你是什麼
你是我心田中的妙像

　　　　　　　　　　　　　　1994年4月15日于玉林北街

是人就必須守住心靈上的聖潔

　　作者：陳進勇

請守住
我們良心上的聖潔
儘管污濁的世間存在著
好人吃虧
壞人享福
腸肥腦滿的摟著美女享樂
潦倒的才子娶個醜婦過活
可我們的內心世界
總該清淨為妙

現實的社會
我們雖然不能主宰
心靈上的聖潔卻容不得我們弄汙
別人可以無聊得像畜生一樣活著

我們決不能變得淫欲、熏心、昏愚
因為：我們是來到這個世界的人
不是歪曲了良心的動物

1994年4月23日

婚禮頌

作者：陳進勇

舉杯吧
我們敬愛的親戚朋友們
以及各位貴賓、賀客
喝完這杯美味的喜酒
請為我們的新婚祝福美好
請為我們的結合頌歌唱德

在這個幸福無比的時刻
我們衷心的希望大家沉醉在歡樂之中
請為我的新娘獻上鮮花和美酒
讚美她美麗、賢慧、甜美
請為我的妻子獻上布娃與針線
祝賀她早生兒女好勤勞

我親愛的新娘
請你叫我們的樂師
為我們的婚禮奏上一支樂曲
因為
我們甜蜜的生活已經開始

因為
我們幸福的家庭已經組建
美好的人間生活等待著我們
幸運的星神正向我們招手
請我們萬能的上帝保佑
我們的婚姻美滿幸福
我們的生活和睦美好

來吧
我可愛的美麗妻子
人生旅程的忠誠伴侶
讓我們手牽著手
向我們的男女貴賓、賀客致意
感謝他們
真誠的祝福
善良的祝願
讓我們攜手共創
美好的明天世界

1994年5月1日陳進勇為天下新婚之人而作

女兒的呼喚

作者：陳進勇

爸爸呀爸爸
我遠方的爸爸
您可知道您的女兒在呼喚著您
在呼喚著我唯一可敬可親的人

您走了，您走了
我傷心的哭叫都不能留下您
我絕望的哭泣也只可獲得
您一步三回頭的看望
我知道您不得不走
我們的狗兒告訴我
我們的主人為我們的生活在奔波

爸爸呀爸爸
我遠方的爸爸
您的女兒雖然只有兩歲多
幼稚園的阿姨還沒教我寫字
但，我憂鬱的眼睛已經寫下「留戀」
每次的離別我淚水汪汪
我抱您的腿，我咬您的衣
您都決意離去
我們的狗兒也只是自顧哽咽

爸爸呀爸爸
我遠方的爸爸
最令我高興的是您的歸來
這就沒有人再敢欺負我
我要吃、要玩您都依我
我要抱、要背您都樂意
最讓我開心的是騎在您的肩上
追我們的狗兒

爸爸呀爸爸
我遠方的爸爸
最讓我不解的是幼稚園的阿姨

為什麼老教我們唱世上只有媽媽好
媽媽長啥模樣我都不知道
世上只有爸爸好是真
沒爸的孩子沒得抱

爸爸呀爸爸
我遠方的爸爸
何時又是您的歸期
我和狗兒在村頭等
總是不見您返歸

1994年5月15日

西瓜歌

作者：陳進勇

唉
仰天吐氣
天不由人願
厭看烏雲滾滾來
愁望西瓜圓圓
正是賣瓜有意
下水無情時

別說清甜可口潤心肺
好貨不遇識貨人
有才也得賣西瓜

水洗人面本是好
痛痛在心西瓜歌
困境何時能改善
一片瓜皮繪丹心

1994年5月27日在玉林街賣西瓜感觸而作

人生如夢

作者：陳進勇

夜半人靜
枕巾淚淹心驚
沉沉天空
高星幾顆
點綴悲涼無邊

人生短暫
恰似流星一顆
青春易失
淡淡月光消磨完
無聲無聲
正如水中半月
一夜即過

1994年6月2日

女人的嘴和心

作者：陳進勇

請不要相信女人的嘴
今天既然能說愛你
明天也就能講愛他
其實女人的心
是漂浮的草
總是隨波逐流

如果你真的聽信了女人的嘴
那就必須是患難與共之後
女人越是口中念念有詞
信誓旦旦
就更加是容易背叛你
情斷心肝

如果你真的相信了女人的心
那就必須是困境中表現之後
女人越是用心物許願
此心往往有異
你就更應早有心理準備
想得開點

1994年6月10日

世上歌

作者：陳進勇

世情薄
仁義輕如毛
別靠親朋好戚友
有難臨頭各自私

世間苦
默默忍受慰自己
別望他人解你愁
生活最多勢利眼
無錢沒利鬼理君

世事難
人生好似寺廟經
苦難情結靠自解
別歌明日念舊事
人生只唱今日歌

1994年7月21日

醉生歌

作者：陳進勇

望紅塵
醉紅塵
血汗辛酸為誰爭
貧窮也好
富貴也罷
名利只是過眼雲煙

唉
春風幾度
人生幾何
苦苦相笑
長歌當哭
撒手歸天
還不如古玩一件留存人間

1994年7月25日

活生的感受

作者：陳進勇

生活
使大家都無奈的活著
平凡的眾生

在爾虞我詐中掙扎

生
確實無聊
死
也並沒有實質性的意義
人類依然繁殖

1994年8月2日

賣茶翁與發達者

作者：陳進勇

賣茶翁賣茶南路樹蔭中
八月熱浪氣候逼
悠然馳來黑皇冠
停下茶亭踏下步
手持魚杆發達者
輕聲問您茶老翁
高級飲料是否有
老者搖扇慢語道
先生您別圖好稱譽
本人只售南山翁老茶

杯茶下肚拉茶話
老先生眉毛雪白目有神
可謂健康高壽者
閒來無事賣茶趣

乃是遠離紅塵清高人
鼻直面善真君子
一生不做虧心事

唉
先生您茶多話也多
別怪老夫直口言
七十古稀乃白活
一生無為便白癡
賣茶趣事是我老伴
先生怎知我苦難言
紅塵、清高不是您我食輩者所能講
面目本是天所成
心神正邪外不清
君子更是戲中言
一輩無功就虧心
話說我當年曾想投筆從戎
怎知嬌妻一哭二攔三上吊
死活不許我從軍
無奈只好讀大學
又話戰事頻繁兵馬亂
讀書秀才也遭殃
為學不成經商行
又言自古商人輕別離
一年淡妻二年忘
三年棄妻娶小妾
四年左攬右抱戀情婦
五年拋宗忘祖醉生歌
唉
萬事蹉跎歲月過
力不從心悔娶妻

哦
老先生人老志壯
晚輩在此一拜謝罪
二拜道來出行事

世間無息為工者
要想發跡自創業
出人頭地苦中鬥
財富身價功成來

我年少棄工出行道
耳聞目睹觀商行
刀刀見血要盈利
買賣不是小戲兒
左言右語真真又假假
句句字字都是為了賺下錢
三親六戚可不認
送我錢財最可親

發達之後方覺悟
人生真誠最難求
幾多富豪醜惡臉
不值小孩半句真
唉
人啊人
價值不外二字評
是誠還是奸

1994年8月25日

勸父歌

作者：陳進勇

今黃昏
昨黃昏
歡悅慘澹各不同
昔日樂
闔家攜手賞風景
今日愁
得志阿爸棄舊婦
酒夜曲
晚醉歌
縱使新人不見舊人哭
恨阿爸
忘舊情
昏沉丈夫夜不宿
負阿媽
害幼孩
別要風流毀家庭

1994年9月16日

人父難為

作者：陳進勇

村子靜
夜色濃
無辜愛女突生病
急！急！急
既當爹又當媽
難！難！難

1994年10月1日晚

農愁

作者：陳進勇

金穀子，黃麥穗
天下老少皆須食
日三餐，夜一宿
口中腹下誰感君
田兒黃，田兒綠
問君能有幾多苦
萬頃綠波難解愁

1994年10月5日

風箏

作者：陳進勇

不要讓我平靜
沉默不是我的性情
如果你是真心的愛我
請你拉動愛的情絲
讓我在愛的天空中飛翔

也許你會生我的氣
可你不能不管我
我受得住你愛的風暴
卻承受不了你無聲的放棄
只求你捏牢我愛的心線
多大的風險我都跟隨

1994年10月30晚

上帝的願望

作者：陳進勇

請記住
上帝賜予我們腦袋
並不是要我們成為中庸隨附之輩
主賦予我們思維
為的是期望我們有所主見

思考問題，研究世事之根源

真誠祈求上帝的人
並不一定瞭解上帝的願望
上帝根本就不相信祈求會有所奇跡
事物的發展
萬能的神也確實不知道
心靈的主宰，觀念的確立
是迷魂無主在作怪

請記住
上帝賜予我們雙手
並不是要我們無所事事，按住心胸叫「阿門」
主賦予我們力量
為的是期望我們改造這個世界
有所作為，創造出新的天地

真誠跪求上帝的人
其實並不瞭解上帝的心願
上帝根本就不相信跪求會有所賜予
世間的萬物
阿門也無法掌握
心誠則靈，我主也並不知道
白白的跪唱只有自作安慰

請記住
上帝賜予我們胸膛
並不是要我們胸中無道
主賦予我們胸懷
為的是希望我們裝下可悲可喜之世事
忍耐艱難，堅定信念

真誠敬拜上帝的人
也並不一定懂得上帝的意圖
上帝根本就不相信敬拜會有所收益
煙火的人間
食素者也確實並不完全感悟
心無雜念，對事勿欲
是虛有其表的節制

1994年12月1日

新春寄語

作者：陳進勇

新年了
戀你不是伊始而是延續
過去的三百六十五天是為了你消耗
可我對你的喜愛卻一天勝過一天
多少個夜夢裡都充滿著對你的幻想
你的聲音，你的笑容深深的令我嚮往
愛你的日子真是不太好受
我卻無力抗拒你對我的誘惑
有什麼辦法呢
我羨慕已久的人
只有你才能化解我這苦難的心結

禮炮又鳴
愛你的心像禮花般美麗向你盛開

在這個喜慶的年夜裡
遠方的你是否知曉有人正在向你祝福道賀
在你與家人共度元宵之夜時
願你過得比我快樂和幸福
值得高歌的是我們共有的過去
那個相依相偎的逍遙日子
現在還讓我回味無窮
總希望你與我能共返美好的時光
可也只好願望
我們在新的一年裡有新的收穫

1995年元月30日

鳥

作者：陳進勇

一隻美麗的小鳥飛進了我的視野
她那嬌媚輕盈的體態
把我寂寞已久的心思牽動
這顆不安分的心呀又在騷動

我不敢對你說我愛上了你
這樣或許我會顯得冒失
畢竟，我曾經失戀過
我不希望我對你有所冒犯
我只有把我對你渴望已久的心思埋藏

我承認你給我帶來了歡樂和幸福
讓我看到希望的田野是那麼的美麗和寬廣
我也承認你給我帶來了安慰和力量
讓我在挫折艱難時有所依託和再起
雖然，我不敢誇口說你是世界上最好的女人
可你是水，是我心田中聖潔的綠湖
你讓我遊弋在柔情萬千的清波中
你讓我沉醉在迷人芳香的世界裡
你獨特的女人味讓我迷失自我
你別具一格的個人魅力讓我情不自禁

如果沒有你的陪伴
我是不可能有那麼的堅強
如果沒有你的襯托
像我這樣的牛屎就不會顯得有所價值
如果沒有你的青春氣息
我是不可能在靈感上有所感觸
但願你能與我天長地久
也但願老天作美
能讓我們攜手共創美好的未來
我是真的不敢對你說：我是多麼的愛你
把你驚飛

1995年3月5日

心扉

作者：陳進勇

讀你的時候
是一種美的享受
想你的時候
是一種無奈的對你留戀

我是知道
你有你的願望
可我的願望只想充滿著你的畫像

說我想你也好
道我愛你也罷
確實是你在我的身邊
給我帶來了歡樂和幸福
許多愁悶的事情
在你的笑臉裡化解
與你談話像在幸福的夢中囈語

我想對你坦白
我是多麼的喜歡你
可我又怕我對你表錯了情
我不得不圓滑一點
裝做像大哥一樣對你關心
可你又何曾知道我是多麼的難為情
裝做大哥真是太過難受了
我心裡想的是你作我的情人

你不會怪罪我吧
我所想的心上人
你有你拒愛的權利
卻不有禁止我對你相思的特權

1995年3月12日

蝴蝶怨

作者：陳進勇

我愛你
我不能出聲
我愛你
我只想在你面前翩翩起舞
世間的情人哦
我愛你
我真想對你吶喊
可矜持的你
對我為何只是默然

我靜依偎著你
為的是陪伴你度過我們美好的時光
我舞在你面前展姿
你可知道我有千種風情
為何你都無視我的存在
世間的情人哦
花開又有幾期
萬般對你耍風采

高高低低將就你
總是另有一番滋味在心頭

1995年6月7日

拯救靈魂

作者：陳進勇

我在拯救我的靈魂
可我卻摸索不到她在何方
只感到喧鬧的巨聲在哄叫

我在尋找，我在尋找我初到世界的原色
我在洗滌，我在洗滌已用了二十幾年的心房

我聽到夜鶯在叫
我看見烏鴉在吞噬夜鶯的肉

1995年7月3日

巨輪與人

作者：陳進勇

我好想逃離正在旋轉著的巨輪
它讓我活得太累

逼我走我所不想走的路

我好想偷閒停下步
想人該怎樣活

我發現「人」總不能從一而終
人走到了中途
巨輪就推著走異
與願望不一致

1995年8月5日

看街的尷尬

作者：陳進勇

我看見錢在街上跑
我看見精明的商人把錢迎進店裡
我看見老實的人只是把店門打開
我還看見更多的人在向錢獻媚

我想笑我卻笑不出來
我想哭我卻哭出了笑聲

1995年8月20日

真心難尋

作者：陳進勇

現代人把心掏出來
然後把它美化
再藏到我們想像不到的地方

寫詩的人，寫人的詩

作者：陳進勇

我們把生活的樂章寫進詩裡
我們把生命的意志譜灌樂曲
我們把人生的辛酸刻入哀歌
我們唱，我們哭，我們笑

我們哭老年時無成
我們笑青年時幻想
我們說少兒時童趣
都不值眼前老二叔半杯清茶

1996年3月10日

給媽媽的詩言

作者：陳進勇

我不知怎樣稱呼你好
我只能說你確實是我的生母
但，生母並不一定就等於是媽媽

「媽媽」這個稱呼對你來說也許無所謂
可對我來說，「媽媽」這稱呼太珍貴了
你可以沒有我
可以在我咿呀學語的時候離開我
我也可以不對你控訴什麼
不過，那是在我不懂人事的時候

現在，我該對你說，我該對你控訴了
生母，雖然我現在沒有站在法庭上控告你
討回我應得的母愛
但是，我現在向你控告，向你的靈魂控告
你實在是欠我的太多

不管你以前和爸爸如何
但，從你生下我的那一天
你就該給予我應該得到的東西
因為：我是你的親生女兒
因為：我是你掉下來的肉！活生生的親生骨肉
你沒有理由，也沒有藉口拒絕不給予我得的母愛
你可以離開爸爸
你也可以離開我
但，你必須給予我關懷，給予我慈愛

同齡的童伴能獲得的母愛
你說說我是否應該獲得
你又說說我有什麼不能獲得
你再說說你有什麼權利剝奪我應得的母愛

你可以不給我吃
你也可以不給我穿
你再可以不給我住
但，你得讓我見到你
得給我愛，得給我關懷
得給我這個世上最珍貴的母愛

你可以不叫我「女兒」
但，你不能不讓我叫你作「媽媽」
就算你讓我叫，我也是叫得多麼的心酸
叫得那麼的不自在

「媽媽」，這世上不是不公平
而是「媽媽」不公平
「媽媽」，現在女兒對你指教
並且，是稱職地對你指教
做人不是為著自私而活著
做人是為著仁愛而活著
對子女都自私的人，世界對其亦會自私
對子女都不關愛的人，世界同樣無視其存在
人總不能只為自己活著
友愛會使人活得更加歡樂和幸福

1996年7月22日代女兒而作

不做詩人

作者：陳進勇

放眼世界，古今中外
不論是著名的詩人還是默默無聞的作者
能夠靠其詩稿報酬過活的少之又少
且不說被迫害致死的詩人
就算是幸運的詩人又有幾個

靈魂雖然需要詩人洗滌
精神卻要求詩人無酬
當今的文化媒介
或許詩歌不再適合大眾的胃口
天下間最難的事莫過於靈魂的教導
最尷尬的事情便是適得其反

有才又怎
抗掙？吶喊
又怎是麻木靈魂的對手
要知道
無視可殺天下豪傑
封台可拒天籟聲
也許，有才詩人應該退出當今的文學舞臺
過去風光的日子已經不復存在
真的，讀好詩讀出真誠！讀出高貴
讀虛構的小說卻能讀出快感！讀出自戀

詩人在精神上和生活上都是苦行僧
詩人如果不能討得社會權貴的歡心

或者富有者的喜好
其結果只有一個——貧困潦倒

1996年11月26晚

告阿英

作者：陳進勇

我很想，很想對你說
阿英，也許你不在乎我
可我確實是喜歡上你

我承認：我實在是平凡
可我會用凡人的心——去愛你
我不管以後的風雨人生
我對你的心會依然如故

愛你，愛你
我怎麼才能對你說出口來

我很想，很想用我赤裸的心對你訴說
可你怎麼才能聽到我的心聲
我所期望的人兒——劉慶英
我希望你能理解
我愛你，不在乎你是否擁有什麼
因為：我愛的是你本人
只要你對我好，我就滿足
天大的難事，我也為你擔著

我很想，很想撫摸著你修長的玉手
讓你感覺到我的血是那麼的熱
我的心是多麼的澎湃
我的感情為你所左右
我的靈魂為你所主宰
阿英啊，阿英
愛你的人怎麼才能對你訴說明白

也許，有那麼的一天
你離開了我，離開了所愛的人
感覺到我不能讓你擁有什麼
離開我，也許就是你最明智的選擇
要是這一天真的來臨
我將為你祈禱
希望你擁有一個美好的明天
儘管我的心痛，儘管我的淚流
可我也只能望著你遠去的背影祝福
心愛的英兒過得比我好
我用淚水向上帝祈禱
阿英，永遠好
愛你的人在你看不到的地方掛念著你

1997年4月28日

相約在雨中

作者：陳進勇

在我們約定的時刻我來了
儘管天正在下大雨
可為了你——阿英，我還是來了

我在雨中等待著你出現
可來了的不是你
陌生的臉在雨中出現了又消失
留下的是雨水中失望的我

我希望時間能停留在我們相約的時刻
可時間還是一秒一秒的流逝
希望你能來，阿英——我失望了
來的不是你，是別人
是我不認識的臉孔，是說不出的傷心雨

我來了，為了你阿英
儘管我在毫無希望地等待著你
可我愛你的心還在雨中期待
淋在我身上的雨水打不滅愛你的心
燃燒的不只是我對你的依戀
阿英

1997年5月9晚作於廣西北流市永安路

夜別

作者：陳進勇

馬達在響
送走的不只是你阿英還有留戀
摩托在行
駛過的不只是原野還有倒計的離別里程

送你走並不難——這是對摩托而言
艱難的是我的心——載不了和你暫別的苦楚
戀你也好，愛你阿英也罷
送走了星星，也送走了月亮
換回來的是孤單獨歸的回程
只有蛙聲一片笑夜郎無奈

1997年6月於北流

難眠夜

作者：陳進勇

問世間
有誰道盡人間恩怨
識你是錯，離你是錯
如何讓我怎對君

我本平民俗夫漢子

想你是因六根不淨
修不了佛經和尚路
別你原為我所苦
人世生活真無奈
愛也悠悠，恨也悠悠
誰懂我心思戀苦
淨不了俗夫想你心

可嘆惜
世間苦惱戀人夢
又聞楊修雞肋聲

1997年7月28日想英而作

愛憂歌

作者：陳進勇

在世有期
愛你無悔
道聲阿英
幾分愛意幾分無奈

世事該空
獨怕英兒漂離棄我
錯配於人
縱有千情與誰說
問「心中」人兒可曾知否

1997年8月30日

有愛，真好

作者：陳進勇

我沒有預料到我會認識你
在我以前的繪圖中
並沒有給你留下位置
也許是上帝心懷好意
安排了我們相識
使我這顆平靜的心不再平靜
我確實無法抵禦你對我的誘惑
有什麼辦法呢？好可愛的阿英
拜倒在你腳下的我雖然平凡
可相貌平平的我也有著一顆愛你之心

我時常在琢磨
怎樣才能贏得你的芳心
或許，我的冒險嘗試使我傷感
失敗的痛苦誰都怕遇到
可我如果不緊緊抓住命運的安排
我一定會遺憾終身
像你這麼好的姑娘誰都會惋惜
讓良緣錯失，上帝也會笑我是傻瓜
天下只有笨蛋才不敢追自己心愛的女人
讓你阿英溜走，除非我確實不行
只要我還跳動著一顆男人的心
我就會對你念念不忘
也將會全力力爭擁有你

哎，阿英
有愛，真好
牽掛雖然愁人卻也甜蜜

1997年9月

想英中秋夜

作者：陳進勇

幾度磨難
歷經廿幾春秋知寒暖
世事滄桑
艱辛苦爭為何人
叫一聲阿英
老淚橫流感慨萬千

千鄙萬忍何懼人刁難
硬骨男兒不倒心卻脆
誰叫我有七情六欲愛英心
真是苦亦願，累也甘
情不自禁留戀你
喊一聲阿英
我好想你
卻亦萬般無奈，心事難成
誰懂我心
問蒼天大地
何日團圓
美夢成真

托把癡情寄明月
難！難！難！天不由我願

赤裸的上帝

作者：陳進勇

傻瓜，別相信上帝
有難的時候你最好只相信自己
這個世界上的一切都是作交易
如果你這邊不等值時
請別希望別人幫你
真心能幫你的或許只有你自己

相信吧
我們逃不脫自私
就像我們逃不脫死亡
請記住
別把世界看得那麼美好
也別把世界看得那麼糟糕
因為
無論怎樣，我們的自身力量太過渺小
我們無法與社會對抗
我們就只有適應社會的發展
否則，只有滅亡
多多關心自己，多多愛護自己
這比希望別人關愛自己更加實在

記住：上帝不會在你有難的時候出現
因為：上帝和你一樣怕麻煩

1997年10月20日

詩

作者：陳進勇

詩
像高飄的白雲
雖美卻無法品嘗
詩
像貧困者做的發財夢
雖夢寐以求卻飄渺無望
詩
像午夜醉醺醺回家的酒鬼
讓做文學夢的人神志不清

詩
已失去以前的風光
詩
只能留給個人靈魂深處自賞
詩
不再像新幣一樣精美潔淨
詩
已成了文學騙子的道具
像耍猴般把人耍

1998年2月24晚

一個三陪小姐的自白

作者：陳進勇

漂亮的女人
不一定就是好女人
美麗的背後或許就是一個陷阱

如果誘惑讓你動心
貪婪就是你的本性
好色就是你的本能
裂縫的蛋也就怪不了叮咬

想你是假，愛你也是假
陪你不過是想哄你的錢
女人是真，肉體是真
假的是心，假的是情感

2000年3月

家裡的親人在為你哭

作者：陳進勇

無數個夜裡
你沒有回來
多少個日子
家裡沒有你的蹤影

你的笑聲
你的背影
你的親情
已經遠離我們

你的問候
你的關懷
你的笑容
已經顯得那麼陌生和虛偽

在這沒有愛意，沒有親情的家裡
你可知道
你的親人在為你哭泣？在為你悲傷
你的親人在為你祝福，在為你道賀
祝福你生活美好
祝福你事業有成
道賀你應酬愉快
道賀你心如所願

2000年5月8晚

靈魂獨白

作者：陳進勇

我的心扉不再向人開放
我的靈魂只好自我獨白
生活的煩惱我一個人承擔
日子的苦楚我好好感受

人的面具實在太多
美好的聖潔無法尋找
現實的生活太多無奈
盼望的憧憬不太現實

孤獨的靈魂到處漂泊
活著的機體在拚命勞碌
精神的寄託是無望的追求

2000年5月19晚

酒樂家

作者：陳進勇

唉
長歎一聲
紅塵世事
感慨甚多

舉一杯清爽可口的漓泉啤酒
問世間情為何物
富貴榮華猶如杯中啤酒氣泡
一串即散

勸君拋開世間煩事
飲一支冰凍冰凍的漓泉冷啤
摟上嬌妻逗乖女
其樂無窮

人生的幸福
莫過於此
杯中有酒
身後有甘苦與共的小家

2000年7月4日

天涯歌女

作者：陳進勇

為客人高歌一曲
卻不知動聽的歌聲裡
埋藏著多少憂傷和悲哀

我們笑臉迎來客人
我們笑臉送走客人
卻不知笑臉裡

寫著多少無奈與屈辱

我們唱，我們笑
我們唱世上所能自我陶醉的歌
我們笑人間所有自作多情的客人
歌女與顧客哪有什麼的情感
各人不過在扮演各自的角色罷了

我們哭
那哭聲只有自己能聽聞
我們喊
內心的呼喚只有自己能體會
經歷過太多的情感傷痛
麻木的是愛心
沉廢的是精神
我們不再幻想──希望會重新出現
愛情的奇跡──不會發生在我們歌女身上

請身邊的客人
自尊和自愛
不要對我說
愛上我
你們虛偽的嘴臉
我已見怪不怪
請身邊的客人
不要對我假裝
喜歡我
你們個個豬玀都會這般上演──醜技
你們的愛心
我們大大的明白
印畫在你們臉上的

只有肉欲和好色
看你們不正經的手
又在蠢蠢欲動
我們明白你們男人的心思
那便是端住碗裡的想著鍋裡的
我們也不怕對你們坦白
我們陪的只是錢

請你問一下自己的良心
吃一餐飯便說愛上我
吃下一餐飯又不知道你愛上誰
要是你家裡的愛人聽到你這般胡說
不知道她是多麼的傷心和痛恨
不是你背叛你愛人的情感
便是你在愚弄我們歌女
在你違背自己良心的同時
你所獲得的也註定只有虛假

2000年7月10日

告公言

作者：陳進勇

親愛的老公
很久以來我好想向你訴說
可我怕拆穿你的把戲
你就很難下臺
大家都會尷尬

最令我擔心的是
我們以後怎樣教導子女
我們期望孩子比我們更有出息
希望他們心靈聖潔
而他們的偶像父親
卻在外麵包養情人
我們又怎好向子女說教向上好學

老公，我不怕對你說
你的老婆雖然在極力配合你的表演
但，我們能偽裝得那麼完美無缺嗎
我們能保證真相不讓孩子知道嗎
要是孩子曉得他們最敬愛的父親
在外面胡作非為
孩子將會怎樣面對現實
他們不會相信自己最信賴的父親
竟是這樣的壞人
常常教導孩子奮發向上的父親
竟是偽善者，是道德敗壞的偽君
在孩子的光輝形象中
你這個仁慈的「好」父親是多麼的不相似

我們希望我們的孩子成人後
能有一個好歸宿，有一個幸福美滿的小家
我們也希望我們的女兒成人後
能堂堂正正的作人，能靠自己的努力成家立業
不去做丟人缺德的事，不去做讓人指指點點的行為

請親愛的老公
尊重法律和道德
也請親愛的老公

希望你還有人性和良知
不要倚仗自己有幾個錢就去做壞事
告訴你老公，並且是嚴正的告訴你
背著良知使壞
老天都不會原諒你
道德品質敗壞的老公
不是我以前希望嫁的男人
老婆將會在悲憤中怨恨你變壞

2000年8月10日

行街有感

作者：陳進勇

晚無事
獨步街頭
世事浮躁
不忍相望
笑蠢豬笨蛋
摟妖女色婦
像八戒行步
拖煙花女子
裝門扮面，自欺欺人
卻不知真情無價，肉欲易買
同床異夢，各懷鬼胎
人啊人
好壞只在一念間

要下流，要下賤
像喝水般容易

2000年8月19晚

在世有感

作者：陳進勇

書讀廿載
出行十來年
君問何所獲
只笑不相言
江湖多險惡
世事難預料
君子易爭雄
偽善最難防
稱兄道弟者
便是市儈附勢人

2000年8月25日

詩人的老婆不好當

作者：陳進勇

老婆啊
我實話對你說
我之所以還快樂的活著
全是因為你在我身邊

過去的創傷實在太多
現實的殘酷正在煎熬著理想的我
在一個世俗的物質社會裡
你的不會媚俗的丈夫詩人
是得不到世俗的寵愛
在他希望的精神王國裡
你唯一能獲得的便是老公詩人的詩章

作為詩人的老婆
你必須直面現實
你的詩人不會投機取巧
他作不了圓滑的奸商為你賺大錢
他也沒有那麼多的精力為你掙錢過活
在眼花繚亂的生活裡
他對你的寵愛只有詩歌
你可以在他理想的詩歌王國裡做公主
卻不能在現實的物質生活中作闊太

詩人的窮困
別人或許不太理解
詩人的悲苦

別人或許不太明白
可作為詩人的老婆
你必須學會品味和欣賞丈夫
如果你理解不了你丈夫的精神世界
如果你體會不了你丈夫的精神靈魂
你便是與詩人老公同床異夢

請原諒你丈夫的無能
不能讓你過得很好的物質享受
在當今的現實生活中
我的夢想在另一個世界裡

2000年中秋前夜

父愛在心

作者：陳進勇

久久令我心痛的
便是我孤立無援的女兒
在這個自私得無法再自私的世界裡
最令我欣慰的
便是我可愛而又可親的女兒

逝去的愛情我可以不要
曾經有過的愛意我也可以埋葬
獨有我的骨肉不可分離
情人的離棄又算得了什麼
勢利的世道早已見怪不怪

說一句心裡話
對我而言，只有父愛永存心中
世上最親的親情便是寄託在自己的骨肉身上
生命的延續體現在後代身中
最值得擁有的便是我的心肝寶貝女兒

2000年9月25晚

冬夜獨感

作者：陳進勇

事過塵落
心靜如鏡
風流韻事如煙無蹤
一聲歡息
問世間何人與我同床共枕
惟現時阿英尚有幾分情調

想也罷，愛也罷
世情薄如紙
只有骨肉親情長掛心頭

2000年11月24晚

無奈的傷感

作者：陳進勇

我好想生氣
但，我更多的是無奈
生活就是這樣折磨人
我必須忍受我所不能忍受的事物
我還必須學會在忍受中偷生
笑和哭都不是辦法
發洩只能感傷自己
上帝也會顯得無奈
我只能在默默中感受無奈的傷感

2001年1月23日年末

品味女人

作者：陳進勇

女人是男人的天生尤物
如果你擁有一個好女人
你就必須好好珍惜並細心品味
如果你擁有的是一個糟糕得不能再糟糕的女人
那你就簡直是在糟蹋自己

不管女人如何有能耐
女人都必須首先是我們男人的希望和寄託

女人都必須是家庭組合的不可缺少元素

女人不管多麼偉大
女人都必須扮演聖母和愛神的角色
女人是什麼
女人是我們男人需要征服的對象

2001年2月16日

愛情我可以不要，孩子卻須留身邊

作者：陳進勇

有孩子雖然麻煩
可我心甘
領略了有孩子的快樂
現在想來：沒有孩子是多麼的不幸

失去的愛情和痛失骨肉親情相比
算不了什麼
丟愛情：可以忍受，可以尋找
失骨肉：無可忍受，不可代替

夢想可以寄託
情感可以在適合的人身上培養
愛情或可用婚姻捆綁
因為上帝也知道
在特定的環境裡：愛情沒有選擇

愛，可以埋葬
獨有自己的骨肉親情不可以割裂

2001年2月20日

我想……

作者：陳進勇

我想
我實在想與你做任何親熱的動作
因為你的體態確實誘人
迷惑的情趣讓我心動
擁抱你是我最樂意做的事情

看你那無邪的純情
的確讓我返老還童
對紅塵麻木的心又在騷動
欲望終於沖上頭來
可我想你也只能在心裡
因為我肩負著不可推卸的責任
包括對你和對我的家庭
我必須潔身自好
想你只是一時的本能衝動
愛你就更談不上

作於2001年3月7晚

身飄意境，神遊無念

作者：陳進勇

歲月會把美好或悲傷變成往事
回憶舊事又怎
只有幾分悲傷，幾分無奈

無言，獨思
問天意如何
竟教得人食無味，夜難眠

有道是紅塵兒女情最是害人
不如心無雜念，隨意神遊
我身全佛，我體飄浮

2001年3月29日

一個在哭泣的男人

作者：陳進勇

我在哭泣
一個沒有能力養家的男人正在哭泣
我哭得不敢讓人看見
我眼中流出的是不爭氣的無能淚水

我耗盡了精力也不能很好的養家

我費盡了心機也只能維持家庭艱難地度日
我的家庭負擔太過沉重
我的所得也只能維持活生

我哭，我哭得不敢讓老父母知道
他們的病體再也不能承受生活的艱難
我哭，我哭得不敢讓同床共枕的老婆知道
她和我一樣
像一頭精疲力盡的老黃牛拖著這個沉重的家在爬行
我哭，我哭得不敢讓孩子知道
孩子的童年應該有一個美好的世界
我哭，可我還得挑起生活的重擔
我哭，可我還得擔負起家庭重任
家庭需要我，父母妻女需要我
家庭的主脊樑不能倒
生活的希望寄託在我身上

我暗裡流淚
我明處還得像男子漢大丈夫
我知道我脆弱
可我還得扶老攜幼，一往繼前
我在晚上蒙上被子不聲地流淚
卻在白天笑著安慰妻子
以後總會好過，生活的未來一定美好
可是，誰曉得
我在哭泣！阿門

2001年4月10日

感受人生

作者：陳進勇

激情已過
美好的時光不再返回
讓我一試人間風情的初戀情人
早已隨著時間而淡忘

婚姻抗爭不過現實
愛情擁抱不了未來
就像相戀纏綿的青煙斗不過風
留下的創傷只有自己撫慰

生活不相信眼淚
婚姻只相信現實
在特定的社會家庭裡
母愛或許會缺失
因為母愛鬥不過自私，爭不贏現實
金錢的威力過於強大
這就讓父愛顯得更加偉大

幸福是什麼
幸福是對生活美好的感受
所有美好的幸福都須內含人性、愛心和無私
否則，幸福將變成自私和物欲

人世間的世態炎涼
只有感受才會體會——人是多麼的無情和自私
碰上一個沒有愛心而又與你相關的人

你只有自認倒楣

親情、血緣對有愛心和心地善良的人才顯得血濃於水
對自私的親人
血緣也就顯得陌生

我們需要親情
但，我們更需要自尊
當我們的親情讓自尊不能保時
我們只好選擇自尊，放棄親情
因為我們可以靠自尊而活著
卻不能靠親情而過活

生活中總會酸中帶甜
老天爺決不會辜負我的努力
感謝上帝
老婆是我自己選的
合我心意的女人終讓我遇上
同居不再是我的選擇
婚姻終在我的意願下建立
天下最大的好事莫過於此
讓你心動的女人像狗一樣跟你
阿門

2001年5月27日

人樣狗熊

作者：陳進勇

看他們
像模像樣
上好的服飾
恰到好處的神態
好像向人們宣示
我們是成功的人士

誰知道美好的表象
一旦揭穿就不如豬皮值錢
虛偽的心和醜惡的嘴臉
會在另一面展現

上帝是好欺騙的
良知已被社會這個大染缸調染得麻木
名利是人樣狗熊的信條

2001年8月21日

詩人·豬腳·豬尾·豬臉

作者：陳進勇

說來也好笑
一個搞詩歌創作的人

竟搞起油膩膩的熟食來

好在，自己也看得開
為了生存嘛
身不由己

幹什麼都行
只要是自食其力
有什麼委屈難為情的

六七口之家
上有古來稀之文盲父母
下有無知待教之幼兒
還有沒主見，不曆大事的妻子
我這個主脊樑不拼搏革自己的老命
老天爺就會革我全家人的命

什麼的詩人？我呸呸呸
詩歌能當飯吃
真是飽漢不知餓漢饑
當務之急是維持家庭生活
一家七口有飯吃
常病父母有藥醫
無知幼兒有書讀
最偉大的使命就是
養家活口

唱一段玉龍詞
喊一聲老顧客
今天的豬腳、豬尾、豬臉有多好
顏色金黃，味道鮮美

大哥、老叔您要幾斤
阿姨、大媽您要幾兩
卻不知我肚裡有多少辛酸苦淚
作人啊，難
作上養家活口的男人更難

滿臉笑容相迎
騙說這是宮廷美食，祖傳製作
味道如何如何
無非是多賣幾個顧客
多賺幾個小錢好解近難
這是商人手法
卻為我寫詩人所學
是高尚還是卑鄙只有天知道

2001年8月25日作

二皮老闆賴皮七

作者：陳進勇

誰說我賴皮七沒本事
看我挺胸凸肚的波士樣
行的是母鴨步，坐的是老闆椅
抽的是進口煙，喝的是外國酒
出入有小車，住宅有幾幢
老婆雖一個，相好卻不少
酒家開一家，傍官做買賣
野種有幾何，至今是心事

說起發家史
全靠學得壞
定下發家計
痛改好人心
沒錢銀行有
以錢來賺錢
一招空手道
白手來套狼
門路摸得准
貸款自然來
在辦公室辦不了的事就在酒桌上辦
在白天說不了的話就在晚上說
沒有東西抵押就拿回扣來開道
討好、巴結、陪笑臉
孝敬、大方、重情義
銀彈、肉彈一起用
不怕銀行不放貸
就怕主管不歡心

貸得款來還不行
資金要用到刀刃上
商人本質為贏利
高利潤的飲食業最理想
開家酒家就得找後臺
有了官哥權傘擋
什麼事情都好辦

酒家硬體雖然好
成功卻在軟體上
媽咪小姐培訓好

多數食客醉翁意
紅黑白道接待好
事業成功是必然

貓膩多多內行知
別人的女仔死不了
壞心眼的何止我一個賴皮七
吃大頭的還在幕後

2001年9月5日

病中感悟

作者：陳進勇

醫院雖是治病救人的地方
卻也是燒錢的火爐
醫生確實負有救死扶傷的職責
卻也是針對有酬服務

記住有句名言
天下沒有免費的午餐
醫院也必如此
為人民服務
但，這裡的人民必須付錢

你可以上不起酒家
你也可以上不起商場
但，你來到醫院

你就得病得起
或許你沒有錢
可治病總得有人幫你付帳

如果你病不起也病
那倒楣的便是你的親屬
如果你的親人也無錢或不孝
最終倒楣的還是你自己

記住：無病真好
健康是福
珍惜身體，多多關心自己是多麼的實在

2001年9月21日

夢悟遲來

作者：陳進勇

升鬥小民陳廿八
忙忙碌碌為誰勞
早起趕霧村城跑
晚歸載月暗奔村

一家生計單肩挑
遊戲規則盡尋錢
一覺夢裡方大悟
人生不過一場戲

糊裡糊塗大半生
不過日求三餐，夜求一宿
多大高宅也不過晚睡五尺
何苦低聲下氣來求人
受他娘的氣

2001年9月26早

不與自己過不去

作者：陳進勇

人生一世
心平氣和
不平之事何止一件
比我冤者大有其人

叫一聲委屈
也只有忍氣吞聲
在社會特定的階層裡
弱者只有苟且偷生
因為：弱者鬥不過權貴
貧賤戰不過豪強

天理何在
天理雖在卻不一定在我身邊
一聲長歎
鬼叫我窮

2001年9月28日

奇跡只有靠自己才會產生

作者：陳進勇

人生百態
不堪回首
世態炎涼
絕情無義
問蒼天大地
這世道我還信誰

人人自私
個個自顧
什麼友情、親情、愛情
都顯得蒼白無力

法律也好
道德也罷
這都不是神仙聖藥

物欲橫流的世間
私利才是萬能的聖神
你相信嗎
上帝決不會保佑窮人
救世主只有一個
那就是你自己
阿門也會靠不住
和尚的佛經
道長的神道就更不用言

阿彌陀佛
念死都不出奇跡

2001年10月13日作

小姐心聲

作者：陳進勇

喊一聲先生晚上好
怎知我心中無奈卻笑臉相迎
認識你，我好高興
這是騙你的鬼話
送你一個媚眼
為的是把生意留住

陌生的客人走了
陌生的客人又來
送上虛情假意
伴客行屍走肉
一聲好走，鬼才理你
收錢送瘟神，反臉不認人
再有錢的老闆
也只能有錢買肉
無能對心
老熟客又怎
小姐本性
有錢老闆，無錢王八

本小姐對說良心話不感興趣
有道是
婊子無情，戲子無義
我擁有的本事是
調情說愛行家裡手
假話大話謊言大家

我本無心
我心早讓客人調教得麻木
說一聲先生，你好糊塗
罵你一句：蠢豬大笨蛋
精明的不是你
用錢買情你癡心妄想
自古以來
錢不借人，妻不過夜
妓只賣肉，從不交心

2001年10月14日晚

不安的良心應悔過

作者：陳進勇

人際關係
實際上就是為了達到個人功利主義的一張網
不管你承認與否
社會中所交的朋友
大多數都是功利朋友

朋友是需要相互關照的
互相利用是很普遍的手法
那種純粹為了友誼的交友已經遠離我們
我們的精神世界已經不再純潔
我們的靈魂受到太多的污染
心靈上的聖潔已經不再自保

我們需要為我們原來的靈魂懺悔
我們需要為我們初降人世時的聖潔心靈謝罪
我們需要的不都是物欲和刺激
我們還必須需要良知來支撐空蕩蕩的靈魂

我們是人
如果我們還有點人性的話
請為自己的罪過懺悔
請為自己的黑暗面悔過
我們如果在幹我們良心上所過不去的事
我們又如何要求別人做正直的人

每一個到社會太久的人
都必須為自己的靈魂謝罪
如果你真的還有良知的話
那就謝罪吧
朋友們請好好謝罪悔過

2001年10月15日早

祭狗詩

作者：陳進勇

幾年了
傷痛的心依然在想念著您
我那親愛的白狗
世間上最忠誠的朋友
那場可怕的疾病讓您永遠的離我而去
教我獨活人間，悲傷無限

蓋棺論定
您的一生寫著永恆的忠誠
您不嫌主貧的精神永遠讓人類敬佩
一隻四腿的忠誠朋友
比起勢利的兩腳朋友好得多

人心的惡毒
讓我心驚肉跳
物欲的人際關係讓我心寒絕望
懷念和您相處的日子確實快樂無比
那親密無間的溫馨生活讓我過得開心愉快
那樣舒適的好日子永遠不再有了
留下的只有對您無限的傷痛和懷念

您的墳頭綠了又黃
只有我的心依然在掛念著您
我的好白狗
世間上最患難與共的朋友
我在向上帝為您祈禱

來生再聚，生死永交

想起您對我的種種好
往日的美好日子又浮現在眼前
真是日久見狗心
患難見真情
好人難當
狗通人性
您我甘苦與共讓我至今不勝傷感
淚流滿面

平心而論
靈性的好狗不會只是狗
其所表現的除了朋友還是朋友
忠於主的狗是那麼的人性與友善
而生活中的某些人卻顯得比狗不如

2001年10月18日

再也不能這樣活著

作者：陳進勇

我見過強盜在車上搶劫
而車上的人都不敢反抗
包括我在內

我也見過暴徒在大街上施暴
而街上所有的人都在回避

包括我在內

我也見過小偷在菜市上行竊
而菜市行兩邊都沒有人敢站出來伸張正義
包括我在內

我們膽小得如鼠
我們精明得麻木
我們冷漠得心底抽涼
我們的良心早被天狗偷吃
我們的勇氣已為自保征服
我們面對無益於自己的事無動於衷
我們不敢直面面對邪惡挺身抗爭
我們留下的是沒有良知和人性的身軀
我們留下的是浮躁的心態和欲望無窮的索求
我們留下的是懦夫式的怯懦

我們為什麼活得這般窩囊廢
我們為什麼活得這般自私自利
我們為什麼活得不敢對不平的事說不
我們缺少的不只是良知還有勇氣
我們缺少的不只是力量還有氣節

我們自保得不敢認識我們自己
我們計算得連良心都計算掉
我們活得不再有人格和氣節
我們活得像老鼠般忍辱偷生

我們活著到底是為了些什麼
除了名利、金錢和享樂外
到底還有些什麼值得我們爭取和堅守

生活是否應該如此這般自私過活
人心是否應該正直和善良
我們真的不單單需要人性和勇敢
我們還需要善良的心和正直的魂
我們還真的需要精誠的團結和良好的合作
因為：我們孤掌難鳴
因為：單獨的弱小鬥不過強惡
維護社會的公正需要我們共同的努力
社會的良好環境需要我們全心的合作維護

活著不單單是為了自己
活著也不單單是為了三餐一宿和一個小家庭
活著還需要多麗的色彩和無私的奉獻
活著還需要我們的精神和良知來支撐

我們不敢直面不平
我們又怎能笑談人生和理想
我們自己都不敢面對的事情
我們又怎能如此虛偽地教育我們的下一代
做一個有理想、有作為的正直人

2001年10月19日晚

生活不相信眼淚

作者：陳進勇

生活儘管艱辛
可日子總得要過

我們有理由拋棄幻想
我們卻沒有理由放棄生活

不管在逆境中如何艱辛苦難
可前進的步伐總得邁出
生活的號角既然已經吹響
竟技的生存場所就無法退出

我們只能在前進中求生存
我們絕不可能在退縮中有安身
生活的輪子只能時時在轉
家庭的開支就決然不會停止
我們只有努力苦幹才有生活出路
異想天上掉下大餡餅是不現實的事情
記住：幸運的極少是我們平民百姓
我們只有付出汗水和辛勞才能生存和過活

2001年10月23日

夜夢悲聲

作者：陳進勇

夜半夢哭聲悲
世態炎涼淚淹
無奈，無奈
人生孤獨何求甚解
托把世事對夜夢
與己訴說

不知

「酒鬼」酒

作者：陳進勇

唉
一肚辛酸與誰說
唯獨舉杯話「酒鬼」
方有湘泉解我愁

一杯勝一杯
「酒鬼」酒中仙
李白聞酒醒
醉吟成詩仙
我等再不來
遺憾就快來

贊「酒鬼」酒
千醉一方
只因滴酒五香俱全
誇湘泉
提色壯膽
與酒民共創千秋大業
有「酒鬼」酒相伴
何懼對手同行

2001年11月27日晚

作男人就必須忍辱負重

作者：陳進勇

誰叫我是男人
是男人就必須忍辱負重
天大的擔子總得擔下
再大的責任也必須承擔

天要是塌下來
是男人就得頂住
我們弱小的家庭需要我們男人鐵膽鋼肩
一家人的希望都寄託在我們男人身上

是鐵血男兒
有淚自己流
是責任心強的漢子
請把一切責任攬在自己身上

只有那些軟蛋
那些軟弱無能的男人
才會躲在妻子背後逃避男人責任

喊一聲天
我們寬廣的胸懷能裝下世間最難的難事
叫一聲地
我們厚肉的雙肩能挑起天下最重的重擔

逆境中堅忍
痛楚裡承受

是好漢男兒
就不怕艱難險阻
不懼挫折失敗
有愛心的血性男兒
請在困境中保護和關照好我們弱小的家庭
因為：我們的妻女需要我們男人去呵護愛惜
阿門

2001年11月30日早

詩人的使命

作者：陳進勇

當我意識到
我已成為一個真正的詩人時
我就再也不是自我

只要那顆詩心在跳動
我就只能屬於詩
在詩的世界裡
任何事情都必須為詩讓道
艱難的生活雖然可以百般磨難我
但，艱難的生活卻無法奪走我寫詩時的快樂
詩歌的創作可以來源於生活的感受
絕美的詩篇卻只有來自于天才的靈感創作

詩
是詩人的靈魂

詩
是詩人的上帝
詩
是詩人的夢想和未來
詩
是詩人的精神所在
詩
在無知的人眼裡
可以是個屁
可詩
在詩人的心目中
卻是神仙聖藥
是不屈的勇氣源泉
詩
可以醫治詩人的靈魂
詩
可以忘卻罪惡的人心
詩
可以增強詩人的正氣
詩
可以清洗詩人的心魂

為了詩
詩人可以背叛愛情
為了詩
詩人可以背井離鄉
為了詩
詩人甚至可以背叛親情
不管世人理解與否
詩人都必須為詩而費盡心機

詩人不是為了自己而誕生
詩人也不是為了自己而活著
詩人活著就必須寫詩
寫人世間上私心所不能寫的詩
寫人世間上最公道的詩心和最真切的詩情

人的自私
詩人雖然無法改變
但，詩人的心
卻不是為著名利而去爭鬥
生活可以迫使詩人低頭落淚
但，生活卻不能迫使詩心屈服稱臣
人世間雖然有時無理可講
可詩心卻自有公道訴說
在物欲橫流的社會
雖然事物有時可以歪曲顛倒
但是，詩的天地
卻只容納善良和美好

詩人可以忍受一切社會上的苦難
世人也可以辜負詩人的所為
可詩人卻沒有任何理由辜負詩心
因為
詩人不屬於他本人自己
因為
詩人也不屬於他本人的小家庭
詩人首先屬於的是詩
詩人首先屬於的是詩的靈感世界
詩人屬於的是人類的詩歌偉業
詩人屬於的是至高無上的精神領域
人世間要是沒有詩人的精神詩篇指引

人類的精神靈魂將在漆黑的荒原中胡亂賓士
相信吧
無論社會如何發展
社會依然缺失不了詩人
沒有詩人的社會是可怕的社會
沒有詩人的社會是最物質的社會
沒有詩人的社會是最庸俗的社會
社會確實需要某些人去做無怨無悔的付出

2002年2月1日晚作於北流
2002年2月3日晚在玉林整理
2020年9月重新修訂

作惡的日子會有個盡頭

作者：陳進勇

人的陰險
莫過於在前面設一個陷阱
然後再叫你去跳

人的惡毒
莫過於逼人作惡
然後在背後賣人

最無奈的事
莫過於明知是這樣卻不得不為之
做自己不想做的事
逼自己的良心受過

這種痛苦和無奈只有自己體會

替人背黑鍋
也只有啞巴吃黃連
讓人整治
只因與狼共舞
笑臉的背後
卻是包藏禍心

唉
一聲長歎
苟且偷生不是為了我個人自己
真正作惡的不是我本人所願
代人受過的時光不會太久
充當擋箭牌的日子總會有個盡頭
古人的對聯在為我的良心解脫
有心為善，雖善不賞
無心作惡，雖惡不罰

　　　　　　2002年2月23日於北流看電視劇為電視劇中人物而作

人死以後

作者：陳進勇

人死以後
靈魂就不復存在
任何言說人死以後
或升天堂見上帝

或下地獄會閻王
都是對死者不敬
對家屬不公

其實，人死以後
思維也就停止
靈魂這寄體也就不再存在
任何言說人死以後
靈魂還飄游天國
或還遊蕩人間
都是對死者的愚弄
對生者的欺詐

現實雖然讓死者啞口無言
讓造謠者胡說八道
讓科學有時無能為力
可作為生者的我們
不該以死者的死亡
和死者不能與我們對質抗爭
就胡說什麼的善惡因果
胡說什麼的或升天或下地獄之類的謊言

任何的修心養性
和如何的真誠侍奉
都不可能有被上帝召見的可能
我主其實並不存在
信道、信教都不能改變虛無的事實

科學雖然可以證實人死以後靈魂將不再存在
但，科學卻無力勸說人們不再相信上帝
如果人死以後靈魂真的存在

我們的祖輩不知死了多少
生活的所有角落應該塞滿著祖先們的靈魂
我們隨意伸手就可以觸摸到祖先們的魂魄
可事實上，我們觸摸到靈魂沒有？觸摸到魂魄沒有
沒有！那麼事實就證明
人死以後，靈魂是不復存在的
任何寄託來生之說
都是扯蛋胡說之言
都是毫無主見的迷信所為

希望欺騙世人的道教士們、和尚們
能說一句真心話
對待將要死去的人不該再欺騙下去
人死已經夠悲哀的了
說一句良心話吧
靈魂將與你同在
上帝決然不能原諒欺騙靈魂的人

我們的生命來源於自然
我們死後也必將回歸于自然
任何上帝創造論說
都是對父母的忘恩
對自然的負義

2002年4月4日作于玉林十裡長街

不相信文人

作者：陳進勇

文人的偽善
正如其筆下的假言
文字雖然美妙
情節雖然動人
卻也是一出虛假的故事

文人的可惡
便在於其虛假的花環下
原是一些醜陋的靈魂
正如有些名人一樣
光輝的形象也遮掩不了其醜惡的靈魂

作品雖然可以支撐文人的虛偽外表
可生活的陽光卻能還原出文人的嘴臉
正如有些歌星、影星一樣
舞臺可以襯托出星們的魅力金光
但，卻在生活的無影燈下暴露出原本的面目

別相信文人
就像我不相信名星、戲子一樣
像正常人般生活
懷著一顆正常人的心
這比崇拜什麼都強
阿門

2002年5月11日作於北流

壯年歌

作者：陳進勇

三十男人彎弓箭
由不得自己顧不了自身
生活猶如鬧鐘樣
按部就班沒停息

三十幾歲雖壯年
無奈消耗實在大
上要顧老，下要憐幼
還有愛妻也需慰

天真已歸少兒
憧憬早屬少年
激情正是風華正茂年輕時
壯年的責任和義務重壓肩

唉
感歎一聲
壯漢進勇有多少感慨
也在懷抱老婆時無

2002年7月8晚

伯樂難尋

作者：陳進勇

找出版社
像到菜市裡找菜販般容易
找出版商
也像到外婆家般不難
難的是難遇上獨具慧眼的出版人

我可以忍受寂寞
我也可以忍耐孤獨
我還可以忍受創作上的孤苦
還有生活上的艱辛
但，我最不能忍耐的是出版上的無路

生活的重擔已讓我搞得所剩無幾
靈魂的創作就更是嘔心瀝血
我的內心在吶喊
我創作的靈魂在震撼
我可以創作出優秀的詩篇
但，我卻無力把作品推出在讀者的面前
因為：在任何一個「法制」的出版國度裡
出版是由不得我們創作人的所願

出版人雖然並不可愛卻還是得尋找
出版商雖然討厭卻總比沒有的強
獨具慧眼的伯樂雖人間少有
可我的退路卻無
我出版不了我優秀的作品

我就只能埋沒在茫茫的人海裡
我出版不了我優秀的作品
人世間就會缺少一部放光的詩集來照耀著心魂

上好的作品能否擺在讀者面前
只有是天知曉
《歡欣的上帝》能否推出
只有是獨具慧眼的出版人膽敢決定
而我陳進勇是否幸運遇上
只有是成功後的滿臉喜悅來感慨
伯樂難尋

2002年8月5日晚北流市

江湖郎中──無奈詩人

作者：陳進勇

在生活中
詩人沒有選擇
心靈的聖潔也不能主宰現實的生活
靈魂上的富足也不敵物質上的貧困

生與活
不只是詩人自己的事情
身為人夫和人父的詩人我
沒有任何理由只顧我個人自己
任何理想的創作生活方式
都是可望而不可及的事情

我有千條理由放下手中的筆
卻沒有一條理由不擔負起養家的重任
因為：我不創作還有人創作
我不養家活口，誰來養家活口
法律和道德，良心與人性
讓我有一萬個理由讓家過活下去

生活像魔鬼般逼人作惡
作為沒有經商素質又沒有特別技能的我
能過活就已經很不錯
再要照顧上有病的老人和年幼的孩子
那就非常艱難了
只要想到家裡的柴米油鹽快沒有了
就再也沒有創作的欲望
再美好的詩篇也只有埋葬在靈魂裡
再出色的詩句也只有胎死腹中

能靜下心來作一首詩真好
能平靜地反思一下自己的創作更妙
可對我來說那真的是一個夢想
生活像餓狗一樣迫使詩人到處奔波
別人經商是為了發家致富
詩人經商卻只是為了養家活口

叫一聲老天爺
不公平的事為何都叫我遇上
既讓詩人作果販
為賣笑煙花女子服務賣柑被痛斥
又為雨中在大街上賣西瓜而痛作《西瓜歌》
再為熟食肉販痛唱玉龍詞

而今又淪為江湖郎中吹牛皮賣藥酒
真是人在江湖身不由已
自古詩人多磨難

再多的苦難也只有對酒當歌
不需要靈魂的人對物質有著特殊的崇拜
但願那些買過我藥酒的人
老天保佑：用後效果如仙丹
作為江湖郎中詩人的我也好心安些兒

2002年10月3晚作于玉林

2002年10月5晚整理完

人間摯愛是小家

作者：陳進勇

自以為聰明的我
每天都戴上面具和盔甲出去混戰
卻不知別人和我一樣
再好的面具和盔甲也防護不了我們的心靈
傷痕累累的心靈每天都在流血
孤獨悲涼的靈魂到處漂泊

在這個物欲橫流的社會裡
小家是最值得留戀和安慰的港灣
最親最愛的便是我們自己的家人

在這個小家裡

心靈得到漂洗和淨化
靈魂得到誠懇的對待和應有的關懷
虛偽不在我們臉上刻畫
假情假義跑得無影無蹤

喊一聲親人啊
這個小家是我們的人間摯愛
歎一聲靈魂
這才是我們最終的心靈泊地
外面的打鬥在此全無
心靈的聖潔在此得到保證

2002年11月18日早作於北流

心涼無奈

作者：陳進勇

我看夠了人間的虛偽
我看清了世人的奸佞
我看厭了世間的陰險
我看煩了世人的欲望

和狡詐的小人相處
有如萬蟻咬身般難受
和既作妓又立貞牌的人相識
如吞了蒼蠅般噁心難受

偽君的偽善

既作不了人也成不了君
世間的無恥
便是既然醜陋又要貼金
更惡劣的是
偽善的陰險者永遠躲在背後放冷箭

這就令正直的人防不勝防
剩下的便是
同情那些可憐的替人受過的替罪羊
更讓人感歎的是
羊為什麼要在狼面前告狼的狀
正直的人啊
心不夠黑，心不夠惡，心不夠毒
這就註定
善人受欺，惡人當道
弱勢的人群值得同情和可憐
可在特定的環境下
卻也無奈無助
喊一聲阿門
也只有好自為之罷了

　　　　　　　2002年11月20日讀《軍統教父戴笠》有感而作於北流

說詩

作者：陳進勇

當世人拿詩人和詩來作排場時
這個排場就已經庸俗

高雅的詩不是附庸風雅者所能品味
美好的詩句也絕不是每個人都能讀懂
絕美的詩魂也只有知音曉得

詩，不是大眾的節目——讓大家同樂
詩，也不是相聲或小丑——讓眾人開懷大笑
詩，更不是影視或歌曲——讓人快感讓人火紅
詩，是雅致的，是精美的藝術靈魂
詩，不是每個人都能作，都能寫的心靈聖潔

不要亂作詩
亂作詩是對詩歌的不尊
也是對自己無知的嘲弄
詩的世界不允許胡鬧
詩的天地也不允許有所私欲

詩，不像小說——可以編造
詩，也不像影視——以假亂真
詩，更不像您耕種的土地——有所回報
詩，在詩的天地裡容納不了半點虛假的付出
詩，在詩的世界中只容納真情和聖潔

別戲弄詩
否則，詩會在詩句中怒斥你的無知
想讀詩，想品詩
請用純潔的心魂讀
請用赤裸的心房品
別帶半點俗心

2002年11月22日作於北流

《上帝詩人》

活著，為自己潔淨的靈魂活著

作者：陳進勇

不要為了幾塊錢而任人支使
青春的耗損已經過多
餘下的年華應屬自己
為別人的過活實在太累
為自己自在的活著何時能現

可憐的是我們自己
我們像機器人般忙碌
卻不知道為自己應有所休閒
不珍惜自己的生命付出
就是對生命價值的無視
要知道
我們天生不只是為別人活著
我們還必須為自己的自由活著
我們為別人活著
不只是因為關愛和憐惜
還有社會成規的習俗和血緣的連帶
我們為自己活著
也不只是因為欲望和自由
更因為我們需要懂得
我們為什麼活著
我們應該怎樣的活著

活著，真累
不正常的活著方式更煩
過多勞累的身體應該休息

過多污染的心肺應該淨化
太過扭曲的靈魂應該矯正
我們原本的面目應該重現
罪惡和是非不是我們應該的擁有
狡詐和冷漠不是我們原本的本性
貪婪和奸詐不是我們心中的聖潔
我們呼喚的不只是我們原有的本性善良
我們呼喚的還有我們原有的良知

活著
請為自己活著
為自己寧靜的心靈活著
為自己潔淨的靈魂活著
哪怕只是一天也好

2002年11月27日上帝詩人陳進勇作於北流

凡心志遠

作者：陳進勇

冷瞧世間
世事艱難，人心莫測
卻亦胸懷大志，豪情千里

試問天公
寒酸窮困何所懼
更有獨筆雕文心

窮不是我的錯
富也不是我的夢
粗茶淡飯清閒日
執筆驅雲會嫦娥
喜亦不樂
愁亦莫憂
世間福禍輪流轉
管他風雲如何
看淡人生
自有詩文解君愁

2002年11月28日上帝詩人陳進勇作於北流

善待人生

作者：陳進勇

不要傷害任何人的自尊心
哪怕他的地位是多低微
只要他有一顆不屈的上進心
或許石頭也會有翻身之日

寬容別人等於寬容自己
警告世上任何受人支使的人們
你們的指使者如果心懷不軌
任何為人作惡的日子就該停止
替人背黑鍋的買賣是最不划算的買賣
代人受過的替罪羊是最讓世人嘲笑的對象
身不由已的日子應該結束

良心和良知應該喚回
為居心巨測的人勞心勞力最不值

世間的活路千萬條
自由的過活最重要
賺錢的方式千萬招
為自己過活只有一招
放棄欲望，心隨自然

為自己留條後路
請勿欺壓你所能欺壓的人
與人相鬥只會消耗自己的美好人生
把寶貴的時光花在無聊的互相傷害上
是最愚蠢的傻子
我心宜善
上帝會懲罰罪惡的靈魂

2002年12月9日上帝詩人陳進勇作於北流

念狗小記

作者：陳進勇

重讀狗詩文
念狗傷人心
誰懂詩人意
狗曉卻獨離
自此無人語
詩埋桂東南

我等凡夫子
位離文化遠
休要弄詩意
肚餓村婦笑

2002年12月21日上帝詩人陳進勇作於北流

獵色禍樂同行

作者：陳進勇

他日無事
朋友串聯
青樓獵色
可否同行

久食家菜
野花惹心
深入創作
洞察娼妓

男人好色
娼妓無情
嫖客似豬
心爛如屎
貌似君子
金玉其外
美色面前
如畜似獸

惜憐人心
下賤無恥
醜態百出
豬狗不如

奉勸世間
食色男女
潔身自好
一枝獨秀

2002年12月22日上帝詩人陳進勇作

寒冬夜讀

作者：陳進勇

雨下寒冬夜
天凍人跡稀
夜歸泥瓦房
熱酒讀詩書

2002年12月25日夜上帝詩人陳進勇作于玉林

尋找失落的詩心

作者：陳進勇

我知道
現在好的詩歌為什麼難以出版
我也知道
現在廢品般的詩歌為什麼出版容易

前者，好詩為什麼難以出版
是因為糟蹋詩歌的人太多
多得放個狗屁也叫詩
糟蹋得以致人們都讀不懂的地步
加上現在的詩歌銷量不大
少有震撼的好詩歌
再遇上只講眼前近利的出版商、文字販
再好的詩作也就死拉死拉的
後者，廢品詩為什麼出版容易
原是因為作者是個「富」有者
最少也是個「富」有得能夠有能力的自費出版者
或者是個與出版界有著千絲萬縷關係的能人
這些垃圾詩之所以能出版
全是因為編輯和出版商的昏愚與私利

我們呼喚伯樂
我們更須呼喚良知和詩性
我們盼望好詩
我們更須盼望好的編輯和正直的出版商
我們失落的不只是詩意、詩心
我們失落的更有詩的責任和感慨

對坐其位而不謀其事的編輯
我們必須高聲大罵
以驚醒其無動於衷的編心
對世間所不能出版的好作品
作為編者們理該感到慚愧和自責
我們呼喚的不只是出版體制的改革
我們呼喚的更有失落的詩心

2002年12月26日上帝詩人陳進勇作於北流

詩歌的擁有只有是聖潔的心靈

作者：陳進勇

人們對詩歌的淡忘
不只是詩歌的自身原因
或許，外面的世界比詩歌更加精彩
社會發展的多樣性
感官的刺激永遠比藝術的感受更加強烈
私利的人們只有私欲和死亡讓其震撼
高雅而優美的詩歌需要有高品質的心靈感受
庸俗的東西就只需要庸俗的心魂

詩歌不再是大眾的東西
詩歌只是某些癡迷人的內心心曲
詩歌不再需要更多的大眾讀者
詩歌只需要會品嘗她的人品味
詩歌也不再是名利的東西

詩歌自有她獨特的內涵品質
而能品味出她的人必須是心靈上聖潔的人
任何藏有私利的心魂都不能品味出詩歌的聖潔和美好
世界上許多東西或許能靠暴力或強權而搜取
而詩歌的品味
詩歌的擁有只有是聖潔的心靈

2003年4月24日上帝詩人陳進勇作於北流

無為讀詩

作者：陳進勇

看透了人情世故
不妨慢品一杯清茶
讀上一首好詩
以便清洗口腔和腸胃
淨化久受世俗同化的心靈

靜心無求心才寧
平靜氣和魂才安
埋葬瘋狂的欲望
拋棄世俗的追求
真真實實的靜下心來
認認真真的讀上一首高境界的好詩
同世上最高尚的詩魂交談
你也許就會找回你原本的本性和良知

2003年4有29日晚上帝詩人陳進勇作於北流

躺著看和跪著讀

作者：陳進勇

當你看一部優秀的小說時
你可以躺著來看
因為：這或許是一場甜美的虛夢
當你讀一首好詩時
你就必須跪著來讀
因為：你有可能正在和一顆高尚的詩魂交談

2003年4月29日晚上帝詩人陳進勇作於北流

是誰在大街上作惡

作者：陳進勇

不要同情街上的不良行乞者
他們騙走我們的不只是錢財
他們騙走我們的或許還有人的本善和良知

我們對他們無知的施捨
卻不知在我們所謂的大方面前
竟是實實在在的無端欺騙

他們嘲弄我們的不只是簡簡單單的無知
他們嘲弄我們的還有我們的才智和仁慈
一個小小的騙技就能騙得我們全部的善良

就能騙得我們善良人暈頭轉向
這是可悲還是可笑

一個不高明的小騙技
就能騙得善良人的錢財和善心
一個虛假的表演就能騙得人們大發慈悲
我們的良心不禁在發顫
是誰拿著騙得我們的錢在花天酒地
是誰拿著騙得我們的錢在大吃大喝
是誰在花這昧良心的錢
是誰在喝善良人的血

我們不禁要問
這到底誰在作惡
這到底誰在埋葬良心
欺騙人的本性善良
欺騙善良人的同情心
老天爺都會在天上大罵：可惡

花這昧良心的錢實在該千刀萬剮
捉弄人們的善良會遭到雷劈火燒
欺騙的報應終會到來

我奉勸大小不良的行乞者
別欺騙善良人的施捨
這是在幹斷子絕孫的事情
踐踏人性慈善
這是在作惡幹壞
拿這昧良心的錢財
老祖宗都認為丟臉缺德

愚弄善良
子孫後代都臉面無光

2003年4月30日上帝詩人陳進勇作於北流街

赤裸的詩心

作者：陳進勇

世間上的真誠莫過於詩心
一個真實的詩人
其作品必須絕對的赤裸
不管詩人的創作語言有多麼的誇張
其核心詩意卻須真誠

詩人的為人雖然有時可以自私
詩人的生活
雖也像普通人那樣擁有人的特性
可詩人在作品中
卻需要絕對的真誠

只有赤裸的詩心
才是詩的主旋律
也只有是赤裸的詩心
才是詩的吟唱調

在生活中
詩人可以像正常人那樣生活
甚至，詩人也可以像流浪漢般過活

但，在作品裡
詩人卻須絕對真誠
詩作亦須絕對的赤裸
因為：只有赤裸的詩心
才能感動自己和別人
因為：只有赤裸的詩心
才能使詩得到昇華而變得神聖
也因為：只有赤裸的詩心
才能使詩人和詩變得永恆
所以，詩人即使在生活中有所小惡
詩人也須在作品中絕對真誠
因為：只有赤裸的詩心
才能使詩獲得永恆的生命力
因為：只有赤裸的詩心
才能使詩歌達到最高的完美境界
世間上也只有赤裸的詩心是欺騙不得的
因為，我是詩人
我是一個真實而絕對的詩人

2003年5月1日早上帝詩人陳進勇作於北流

純正的詩人

作者：陳進勇

我們的確是詩人
但，我們首先是人
人與詩人的不同之處便是
我們把人詩化了

詩人要想在當今的社會中活下去
詩人就必須以大眾人的心態存活
任何詩化的心靈
都不可能在物質的爭鬥中占優
詩歌也不可能在物質的競爭中興盛
不論是古代詩人還是現代詩人
也不論其詩才如何
平心而論，又有幾個是幸運者
社會不會同情落難的詩人
社會同樣不會可憐有才華的詩者
因為：人往往是自私的
現實的社會是由不得我們個人所願

詩人不可能以乞丐般的形象存活
儘管詩人在洗滌著大眾的靈魂
也儘管詩歌在薰陶著眾人們的心靈
可詩人如果想不失面子的存活下去
詩人就必須以常人的心態生活
世間便是這樣
最珍貴的便以最不值錢的無酬方式贈予
最精神精華的便以最野蠻的無恥方式掠奪
善心也確實薰陶不出有感恩心的大眾
無恥也就會從古至今的連綿傳承

上天不會追究詩人的為人
因為：上天同樣不會同情有才華的詩人
寫詩與創作詩歌的不同之處便是
寫詩的人或許只是在寫句子
而創作詩歌的人卻是在自己的靈魂深處吶喊
寫詩的人很多

而真正能夠創作出好詩歌的人很少
寫詩的人講的是數量與速度
而創作詩歌的人講的是真誠與靈感
講的是詩心和詩魂
寫詩的人講的是隨心所欲
而創作詩歌的人講的是心靈上的絕對
寫詩的人以為自己寫的就是詩
而創作詩歌的人卻不敢自以為是
世間的無恥便是這樣
人總是自以為是
人也往往把無恥當成無知
把斂財當成榮耀

總而言之
而今的所謂「著名」詩人不論是怎麼來頭的
也不論其是在利用職權還是人脈搜刮
或是利用金錢來交換吹噓
其所作所為都往往不是一個真正的詩人所為
因為：詩人是以其詩作作為實力而得到認可
因為：詩人不以權力或金錢作為認定
詩人更不是靠組織或虛假的頭銜來確認
好的詩
真的只有具有詩才的靈魂才能作出
好的詩
真的只有具有靈魂的詩作才是人們心目中最認可的詩
　　　　　　　　2003年5月6日上帝詩人陳進勇作於北流

心靈的拷問

作者：陳進勇

我們還需這樣虛偽的活著嗎
我們還需這般戴著面具與人交往嗎
假如我們不再這樣虛偽的活著
假若我們不再這般戴著面具與人交往
我們將會是怎樣的生活方式
我們的生活狀態將會是怎樣的生活狀態
我們是否會到處碰壁
我們是否會活得很窩囊廢
我們的生活境地將是怎樣的狀況

我們不禁自問
我們只有虛偽的活著才能生存嗎
我們只有天天防護著自己和家人才能過活嗎

是的，社會是複雜的
是的，我們所生活的環境永遠充滿著危險和變數
是的，我們所處的環境到處都存在著人心的險惡

我們不禁自問
難道這就是我們虛偽的活著理由
難道這就是我們戴著面具交往的真實原因
如果是這樣
我們不得不為我們自己感到悲哀和失望
我們不得不為我們的自身生活方式感到可悲和厭惡
這不是我們所期待的生活方式
這也不是我們所希望的生活環境

這更加不是我們所期待的人際交往

那麼，是誰迫使我們違心的過活
那麼，是誰迫使我們虛偽的交往
是我們自私的心
還是我們欲望無窮的魂
是我們生活環境的自身
還是我們人類自始至終都充滿著私欲和陰險
我百思不得其解
是人心真的莫測
還是我們生活的心態不太正常
是我們的生活環境充滿著魚目混珠，文化素質高低不等
還是我們的生活環境存在著只顧自己利益，毫無人性的自私者

我不禁倒吸一口冷氣
難道有備無患就真的是我們生活法寶
難道明哲保身就真的是我們為人處世的哲學準則
難道就這樣我們必須天天的虛偽的活著
難道就這樣我們必須天天的戴著面具才能與人交往
這也太悲哀了
人啊人
人活到這份上還有啥意義

好死不如賴活
這也是無可奈何的事情
可我們的良心不安
我們的靈魂哪裡去了
我們聖潔的心靈哪裡去了
我們作為人應該具有的善良哪裡去了
我們可以不再這樣虛偽的活著嗎

我們可以不再那般戴著面具與人交往嗎
我們不妨問問我們自己的良心
我們不妨感受一下我們自己的良知是否存在
我們也不妨拷問一下我們自己的靈魂

2003年5月15日上帝詩人陳進勇作於北流

永恆的精神支撐

作者：陳進勇

我們在愚弄我們自己
我們在欺騙我們自己
你相信嗎

當我們為生活奔波時
當我們在做生意時
當我們為了達到某一目的時
我們可能說了些模棱兩可的話
我們在蒙蔽的不只是對方
我們在忽悠的還有我們自己的良知

為了錢
我們許多人正在出賣良心
為了利益
我們許多人正在不擇手段搜刮
為了貪婪
我們許多人正在絞盡腦汁追逐
這不只是生存的遊戲

這也不只是生活的規則
這或許還是竟賣靈魂的把戲
這或許還是踐踏心靈的屠宰場

我們屠殺我們自己的良心
我們也許不會感到疼痛
我們抹黑我們自己的靈魂
我們也許不會感到恥辱
我們欺騙我們自己的心靈
我們也許不會感到失落
因為：我們已經習慣麻木
因為：我們的良心已經被埋沒得太久
因為：我們的靈魂已經飄離我們
我們所剩下的或許就只是錢財和空蕩蕩的肉體
能為我們感到臉紅的或許只有詩人

我們正在行屍走肉
可可憐的我們還沒有覺醒
我們正在走向心靈的死胡同
可可悲的我們還在繼續著前進
我們正在向靈魂的斷頭崖奔去
可無知的我們還在黑暗中為自己的所作所為叫好
我們抓著大把的鈔票偷樂
可過於「聰明」的我們卻失去了兒時的純真

我們的良心哪裡去了
我們的良知哪裡去了
我們的靈魂哪裡去了
我們的人性哪裡去了
都到天國去了嗎
要不便是到地獄裡去了

私利的人們叫一切的良知見鬼
而「愚蠢」的詩人卻在為自私的人們招魂
詩人要挽救的不止是人的良知
詩人要挽救的還有人的靈魂

我想問大家
生活在讓我們擁有許多物質的同時
生活就真的一定要讓我們失去心靈上的聖潔
人們何時才不會違背自己的良心和意願去做事
人們何時才能返老還童重拾過去應有的純真
如果我們生活上能放棄某些擁有
我們就或許能擁有某些永恆的東西來作精神支撐

2003年5月20日上帝詩人陳進勇作於北流

為亡靈說真話

作者：陳進勇

死亡的通知書既然已經簽收
任何親人的哭喊都無法挽回死者的離別
亡靈的報到是自然的必然結果
死神的安排誰也無法拒絕

抗爭或許能讓醫生得到暫時的勝利
科學的發展也不能讓生命永存
死亡永遠都是所有生靈需要面對的事情
生命的火花總是有限的閃現

能有幸延續則要看其命運如何造化

請親人們別再悲傷
淚水和親情只能感動生者
生命的離去自有其因果緣由
人間的情感、責任對亡魂而言都毫無意義
在世時的恩怨在此已經一筆勾銷

別哭喊那麼多
所有的親戚朋友們
再悲哀的事情也只有在世的人來承受
哭罵或責備死者都無濟於事
流再多的淚對死者而言都是多此一舉
任何披麻戴孝、哭哭啼啼的作法
都是生者們的故作姿態的自欺欺人的表演
因為：孝順不是靠死後用淚水和表情來表演出來
孝順需要生前的實實在在真誠對待

追究死者的善惡自有因果來報應
通向地獄的道路
對生前的惡者必然是鬼門關
生前作惡者必然要在地獄裡贖罪、悔悟
靈魂也將在遠離人間中漂洗、拷問
冥冥中，上天會給予一個公正的對待
通向天堂的道路
對生前為善者或許是福
了卻了人間的煩惱事
靈魂或能在天堂中得到永久的安寧

請親人們善待生命
生命的完結是自然的事情

生命的使命不因為人們的意志而改變
傷心、留戀
只有是生者的自作多情
任何的告別儀式或追悼大會
都是生者作給生者看
死者對此並不知情
無儀式的簡單離別或許就是死者的意願
對平凡的普通死者而言
任何大量消耗錢財的送葬方式
都是愚蠢、罪過的無知行為
過多打擾亡靈
是對生者的諷刺，對死者的折磨
過多發死人錢財的行為
將會受到上天的詛咒

失去親人的人們
不管怎樣
你們的親人畢竟已經離你們而去
這也就該讓死者的亡魂得到安寧
既然要悄然離去
就該隨其意願
靜悄悄地讓其上路
對於生者
最理智的做法就是節哀順變、自我保重
因為：生者還鬚生活
明天的太陽還會從東邊升起
希望的曙光還會重現
事物的變遷或許能造就我們人類的自我完善

2003年6月5日上帝詩人陳進勇作於北流

我們的精神家園

作者：陳進勇

生活使靈魂高尚的人變得庸俗
掙錢讓高貴的人品變得下賤
生存的挑戰讓人身不由己
活著的責任不只是為了自己
無奈是我們生活現狀的真實寫照

平庸的人不需要高尚的靈魂
不起眼的小人物勿須需要高貴的人格品質
平凡的眾生只講眼前近利
看得見、摸得著的實惠
才是眾庸最信仰的上帝

請不要與不同路的人言談
道不同，不與之謀也
此乃古訓名言

也請不要與不同在一個層次的人討論
水準不同，見解不一
此乃對牛彈琴之蠢事

爭論只能解決庸俗的事情
靈魂的溝通無須需要喧鬧的聲音
高尚的靈魂必須屹立於平庸的心態外
物欲心強的人無須需要精神層次上的再度昇華

不要與你周圍的人談論你心目中的嚮往

那是一個不同凡響的靈魂世界
並非是每個人都能想像的理想境地
也並非是每個人都能理解或嚮往的精神樂園
因為：那個世界不屬於他們
因為：那個世界只屬於理想主義的我們
因為：那個世界是一個飄離于現實的世界
因為：那個世界是一個不受任何社會階層所主宰的世界

那個世界將永存在我們心中
儘管生活變得還是那麼的艱難沉廢
也儘管我們每天都生活在千千萬萬的面具底下
也任由我們扮演何種社會角色
我們的精神家園永遠都值得我們一生嚮往
那是一個心靈寧靜的理想世界
是一個只有詩人才可望可及的詩人天堂

2003年8月13日上帝詩人陳進勇作於北流

賣肉樂，賣詩苦

作者：陳進勇

人家北大高才生賣豬肉
掛的是靚牌上等貨
為的是高附加值
就算是堂堂才子
砍骨切肉不亦樂乎

而我「農大」泥腿子售詩歌

憑的是貨真價實好詩才
圖的是自產自銷
哪怕是流浪他鄉街頭巷尾
狼狽不堪卻也有苦難言

　　　　2005年11月11日上帝詩人陳進勇看報導北大生賣豬肉有感而作

詩人與作家

　　作者：陳進勇

詩人想作出好的詩作
首先需要的就是真誠
只有是真誠的詩作才會有機會贏得讀者的共鳴

作家想創作出好的小說
首先需要的就是欺騙
只有是情節離奇的故事才會更加吸引讀者的閱讀

這便註定
最受讀者歡迎的不是詩人而是作家
因為：人們想的往往是那種自我欺騙的自慰感覺
而詩人卻不能給予

　　　　　　　2005年11月21日上帝詩人陳進勇作於北流

賭徒的命運靠自己改變

作者：陳進勇

當貪婪和賭欲控制著我們時
我們失掉的不只是金錢和財物
我們失掉的還有人的良知與人應該擁有的人性

如果我們逃不出人的天性貪婪
我們或許也就逃不出賭博這命運之門
我們想不勞而獲所做的發財夢
真的就會把我們套牢在莊家所設的遊戲規則中
而這個賭博規則
對我們賭客而言無疑是一個死刑的判決裁定

誰都知道什麼錢來得最快
賭博無疑是一些沒門道的人的首選
可這種選擇卻是把我們自己投身于莊家的屠刀之下
不利的賭規決定著我們的最終悲慘結局
不是輸得血本無歸便是輸得人性全無

識趣者
或許只是吃了點虧便離開這個吃人的陷阱
貪婪人
輸掉的還有其他人的命運
在這不利的遊戲規則裡
大莊家是永遠不怕賭客贏錢的
怕的只是不賭
只要賭客賭下去
賭客的結局便是不言而喻

我們想贏
可誰都不想輸
在我們想贏的時候
我們為什麼不想想有我們輸得連身都翻不過來的時候

輸掉後的悔恨是沒有用的哭相
後悔的淚水只會讓貪婪的本性得到應有的嘲弄
天下間沒有人相信賭徒
因為：賭徒的人性和良知早就輸在天國裡
賭徒的臉上寫著的只是欺詐和貪婪

要想挽救我們自己
要想讓人們再相信我們
要想我們再獲得我們夢想的尊嚴
我們首先要做的就是自重、自尊、自愛
靠別人借錢去改變我們賭博人的命運
那是癡人作夢的幻想童話
能改變我們命運的唯一選擇便是
離開這個賭不贏的賭博遊戲場所
遠離貪婪而又狡詐的莊家
返歸平常人勤懇而又無求的心態

2005年11月20日上帝詩人陳進勇作於北流

寫給老婆阿英的詩言

作者：陳進勇

老婆啊
想您不是在近尺而是遠在他鄉
愛您不是口說而是在寒風中賣詩的行動上
想您的話
雖然有口
卻也只能在心裡對您訴說
愛您的心
雖然還在為您跳著
卻也因眼前的冷清景象對您的愛意全無
今天的生意實在冷清
真正愛詩和讀詩的人還沒出現
圍觀的人雖然很多
卻也只是把我當作活寶般把我耍

有說我傻，也有道我瘋
有言癲佬白癡才賣詩
更道千古奇聞只有賣詩人來扮演
唉！有笑貧，卻沒有笑娼
幾多醜惡卻沒有人來怒斥
為詩癡，為詩神
異想天開的只有陳某人出來賣死詩

老婆啊
我雖有心想賣自己的詩作賺幾個小錢過活
誰知時風早變
天不由我所願

當今的人們想聽的是殺豬般的嚎叫
想看的是赤身裸體做水蛇般的蠕動
可這些「上等」的演技
卻不是為夫的所能
老公的本事是寫寫幾首小詩詞
逗逗老婆喜樂
騙騙阿英自喜
但，在現今的實惠社會裡
卻也蒙騙不了廣大的讀者群眾
因為：當今早就不流行作詩這個空想的不實際行當
再好的詩作人們也不稀罕
幾有才華的詩人也只有死拉死拉的

或許是寫詩這個行業太過古老
老掉牙的心靈共鳴哪有物質來得實惠
再加上一群上網的拌屎棍
在網站上屙垃圾字句
這怎麼不讓人大倒胃口噁心

在這魚目混珠的烏龍詩壇裡
或許我陳進勇早該退隱下來
遠離浮躁的中國詩壇
返歸我的老本行
作一個街頭小販還現實些兒
只是眼前的萬家燈火
何處又是我們的家園
問一聲阿英老婆大人
今晚的旅社房租我還有些少許
要是明天的賣詩生意還是如此冷清
您叫作老公的我又該何去何從

2005年11月16日上帝詩人陳進勇作

好日子

作者：陳進勇

問一聲老公你回了
令我感慨萬千悲喜淚流

熱巾敷面
洗去征塵血和淚
熱水浸身
暖我身軀熱我心頭

問天地間
好老婆何須幾許
贊一句阿英老婆大人
幸福全因有你同在

想人世
凡心物欲
人賣百貨我賣詩
幾文少許
卻是才華貴相知

知音寥寥
莫求莫求
好生樂過
老婆孩子熱炕頭
問老夫感想
只道夫複何求

2005年12月5日上帝詩人陳進勇作於北流

網上情人

作者：陳進勇

親愛的人兒
說實在的
我多次想跑
可是，我跑不脫對你的思念和愛意
跑不脫對你的留戀和掛念
我現在終於明白
愛上一個人不需要太多的理由
愛上一個人也許只需在心靈中容納
愛上一個人也許只需在靈感上共通
正像你所說
我也是上網才幾天
我卻把我赤裸裸的心房託付給一個沒見過面的你
我有過疑心，有過疑問
你是不是也真心的對我？愛我
我也是不是真的在心靈上能同時容納兩個女人
我反思，我反問
可我百思不得其解的是
為什麼我愛你
為你這個未謀面的女人朝思暮想
我沒有答案也沒有題解
有的只有是對你的相思和關愛
能告訴我嗎
愛一個人是否需要擁有
是否需要天天共在一方
我不知，我不知
我只知我的心依然向著你

我的愛還在為你開放
只知愛你是多麼的不容易
愛你是多麼的艱難無助
相見不得，相擁不能
相吻千里，相愛無聲
問一聲老天爺啊
為何教得相愛的人兒如此為難
真是牛郎有情，情不由我願
織女有愛，愛在心靈天國
只借一根網線訴情愛
在靈魂的內心深處畫一個我們理想的愛情王國

2006年6月15日上帝詩人陳進勇作

愛在他鄉受苦

作者：陳進勇

想你
在你看不到我的角落裡
偷偷地想著你
愛你
在你感覺不到我的內心中
痛痛的愛著你

也許，此時的你
正在和你的家人在一起說笑
也許，此時的你

卻躺在你的親人懷中嬉鬧
可我像一匹受傷的野狼在荒野中長嚎
像一隻無伴的公狗在路邊哽咽

我嚎叫
可嚎聲只能帶回悲傷
我哭泣
可泣聲更加傷人

愛
不敢出聲
想
不敢言明
有名
不敢叫
有號
不敢拔
多少的情感愛意對你
只能刀挖我心深藏

2006年6月17日上帝詩人陳進勇作

愛尺無度

作者：陳進勇

我所寫給你的詩
不是用語言文字來講述
我所寫給你的詩
那是出自我靈魂深處對你的真實呼喚

你問我愛你有多深
我是無法用尺寸為你丈量
能測量對你所愛的尺子
或許世間真的不能製造
愛你的分量
你的不現實的情人詩人只能用詩歌來感受
愛你有多深
心靈深處的愛尺在為你丈量
可那是無法標明的讀數
作數學老師的你
也只能用愛心去感悟

2006年6月18日早上帝詩人陳進勇作

詩人的愛

作者：陳進勇

當你和常人說話時
你說出的只是話語
當你和詩人對講時
你就必須用你的靈魂對白

愛上一個人
可以像喝開水般平淡
愛上一個多情的詩人
你就無法控制你的靈魂吶喊

常人給你帶來的
也許就只是婚姻和性的本能感受
詩人給你帶來的
卻是靈魂在天堂中漫遊
詩人的心靈詩篇
可以清洗你過多的人間塵土
詩人的靈魂聖水
可以潔淨你心靈的灰塵油污

愛上一個常人
你無需高興
愛上一個情種詩人
你就只好在詩情畫意中呻吟
哪怕只有你內心深處聽聞

2006年6月18日中午上帝詩人陳進勇作

傍晚傷情夜

作者：陳進勇

看人家小口散步
攜手相牽
好一幅卿卿我我情景
望情人相偎
卻是一番甜透了女的樂透了男的景象
只愁路人觀眾的我
不知東西南北回程

歎夕陽晚景西斜
何時飛蝶晚歸
不知不知
只是兩行清淚掛臉
勸人心快逃

2006年6月19日晚上帝詩人陳進勇作

將愛情進行到底

作者：陳進勇

多少次來
我都想向你訴說
可是我心中的愛人
這個世間

難道一紙婚姻就能捆綁我們的愛情
為著這個虛假的道德面具
我們值得如此虛偽的痛苦活著
在這個無法與俗人溝通的愛河裡
我們只有勇往直前
一愛到底
勸世間所愛人兒
我們只有敢愛敢擔
我們才能獲取我們心靈上聖潔的愛情
我們可以沒有家
我們甚至可以沒有性愛
但，我的人兒
我是不能沒有你活在我的心裡
為了我們聖潔的純真愛情
也為了我們美好的共同家園
我們必須放下平常人的臉面
愛我們心中所愛
為了我們明天心靈中幸福的家園
請讓我們攜手共創我們心靈中的美好
為了我們靈魂中的所愛
我們將把我們的愛情進行到底
請為我們的愛情高呼萬歲
哪怕只是刑場上的婚禮
我們也要勇往直前
愛死無悔
為了我們至高無上的所愛
在這世間
沒有什麼不值得我們放棄的
請為我們至真至誠的愛情開炮
向著我們的靈魂衝鋒陷陣

2006年6月20日早上帝詩人陳進勇作

痛心夜

作者：陳進勇

上不了天堂
下不了地獄
愛你不成
恨你心驚
早不見你
晚不遇君
為何相思
為何相愛
全緣上天
錯搭心線
生不同床
死不同穴
我心如油煎
你不痛我
我卻憐君
滿肚怨氣
只道膽小

2006年6月20日上帝詩人陳進勇作

愛在天涯海角

作者：陳進勇

讀你
只能是在我的詩句裡
想你
只好向天仰望
愛你
就像是在等星星般不現實

想不到的事情總是在想
不可能的現實總在期待
畫一個最美味的愛情畫餅
讓飢餓的多情男女充饑

想說
無語
欲哭
無淚
情不由你我
愛在心窩口難開
說一句你
話一句我
恩愛本是美滿事
無奈天各一方
縱有萬般風情
也由不了卿卿我我訴說

愛在天涯
向天自語
何苦東家的你西家的我多情

2006年6月22日上帝詩人陳進勇作

膽小鬼的愛

作者：陳進勇

說真的
親愛的人兒
我是真的想你到我身邊來
可是你真的一來
就或許宣告著你我的家庭解體
你我的情感由不了你我控制
這世界最不能預想的就是情和愛

兩個情深的男女在一起
你能保證不會發生什麼事嗎
你是不能的
我也是不能的
你說得不錯
我是膽小鬼
我膽小是因為我承受不了你過重的所愛
重得會解體你我的家庭的地步
你說，我能為自己一己之私嗎
我是想你一生都在我身邊
我也想你能為我做這做那

能看到我
能聞到我的氣味
能撫摸著我的胸膛
聽我一顆不平凡的愛心跳動
可是，能敢嗎
我敢把一個我所喜愛的女人推向斷頭崖嗎
我敢眼睜睜的看著她為我殉情嗎
看著她為一個不現實的詩人去受難吃苦嗎
我不能
我的愛心不允許我這麼做
我所愛她的心只能為她著想
我真的愛她就必須真的為她好
雖然，我是真的想和她在一起
真的想和她恩恩愛愛的過活
可是，我能嗎
我能像平常人那樣愛她嗎
現實和道德能讓我們在一起相愛嗎
我承認
我是真真正正的愛她
愛她所有的一切
可是，現實能允許我去愛我所想愛的人嗎
我也坦白
我怕死
我怕死的背後是有著不可告知的苦衷
我怕死的背後更多的是對她的關愛
為你好，我的愛人
請讓我充當膽小鬼吧
縮頭烏龜的我總比害死你的詩人強

2006年6月22日晚上帝詩人陳進勇作

愛你不得，恨你不成

作者：陳進勇

我走了
可我的心卻留了下來
我走了
可我的魂還遊蕩在你身邊

說走容易
說別不難
難的是我的心承受不了離你的苦

我煩
煩在沒有你聲息的日子裡
我苦
苦在沒能看到你在我身邊的甜蜜樣
也許我這個多餘的人正在自討苦吃
想你的時候
或許你正在和他人卿卿我我的親熱
愛你的時候
你卻正在投奔他人的懷抱
我又何苦自尋煩惱
我又何必自作多情
愛上一個我不知該不該愛的人

想你
想你和他人共在時痛苦
愛你
愛你與他人相擁時傷心

真是想你不得
愛你不能
恨你心驚
問一聲我心上的人兒
你叫我如何是好

2006年6月24日晚上帝詩人陳進勇作

詩征前言

作者：陳進勇

親愛的人兒
我們的詩集已經整理完畢
我們的書樣已經裝訂完成
剩下的就只是出征前對你的話語和交代

或許，我不能像古人諸葛亮說得那麼悲壯
《後出師表》的鞠躬盡瘁，死而後已的話語
真的不能在我這個凡人身上發生
但，其對主的盡忠精神
一樣能在我的身上體現
只不過
詩不是我的主而是我的靈魂

告訴你，我所愛的人兒
我知道：這是我一個人的征程
沒有烈酒，沒有送別儀式
沒有紅花，也沒有離別的叮嚀

有的只是默默無聲的離去
有的只是詩人對詩歌的執著精神
有的只是詩人拯救物欲心魂的決心

我不知道前面的路有多長
我也不知道以後的日子有多艱難
但是，我愛詩的心
會伴隨著我一路高歌
我拯救人類靈魂的勇氣
會伴隨著我的詩征所向無敵
雖然，我沒有你的祝福
雖然，我沒有你的伴隨
可我真誠待你的心
會像鮮花般向你盛開

為著這偉大的詩征
我出發了
為著人類的精神靈魂
詩人不能向物欲橫流的社會低頭
我所心愛的人兒
這是一場詩征是否成功的征程
這也是一場靈魂爭奪的殘酷戰爭

我知道
前方沒有我的路好走
我也知道
等待我的將是千辛萬苦的艱難
沒有伯樂，沒有錢財
沒有知音，沒有理解
有的只有我的文筆才華
有的只有我一顆對詩歌無比熱愛的恒心

我知道
在當今的現實社會
沒有錢是多麼的艱難
想辦成一件事是多麼的不容易
縱使你有天大的文筆才華
也不可能有上天的伯樂出現
在這個殘酷的世界裡
靠的只有是我們堅韌的恒心
靠的只有是我們不屈的鬥志

我會向我的詩魂保證
儘管，除了詩，我一無所有
但是，我的作品，我的詩集
將會征服千千萬萬人的詩心
將會讓數不清的詩性心魂由衷的敬佩
在這個社會裡，最缺少的不是金錢和虛偽
在這個社會裡，最缺少的就是真誠和良知
在這個社會裡，最不能缺失的就是公平和正義

好的作品無需需要一定出版
但，好的作品必須讓更多的人品味
不管我們用什麼樣的方式、方法
也不管我們的錢財、能力幾何
但，我所愛的人兒
我告訴你
我真的不能再埋沒了
我要出發
我要出征
我要亮劍
我要出版我的優秀詩集

我的好作品不能不讓人們知道
靈感的詩篇必須照耀於人間
這不是為了錢，這也不是為了名
這不是為著利益，這也不是為著聲譽
但，我所愛的人兒
我們為的只是讓更多的人知道
詩是多麼的美麗
詩是多麼的真誠
我們所期待的正是詩的那樣生活

為著這顆不眠的詩心
我們有什麼理由放棄不宣傳我們的作品
為了讓更多更有層次的人品味
我們不得不詩行萬里
這是無奈的事情
這也是自討苦吃的事情
可是
詩人如果不走上這精神的祭壇
誰又走上這精神的祭壇
詩人如果不拯救人類的靈魂
誰又能拯救人類的靈魂

我所愛的人兒
我無須需要你的祝福
我也無須需要你的問候
我只須你待我真誠
不管前方的路程如何
只要有你的真誠所伴
我將為我們一路高歌，一路戰鬥

請不要為我送行
但，你的心一定要隨我伴行

2006年6月29日早上帝詩人陳進勇作

思念的人還是在思念

作者：陳進勇

讓人日思夜想的
是你
讓人吃不安坐不穩的
是你
讓人不顧一切飛蛾赴火的
是你
讓人顧得了前卻顧不了後的
是你
說不定有一天
你會在我的後院「放火」
可想念你的心
依然不計後果的奔向著你
我又有什麼辦法
能控制得住不想你的心思

2006年6月30日早晨上帝詩人陳進勇作

心憂人在無奈

作者：陳進勇

躺在床上想你
雖甜
卻也憂心忡忡
為你險惡的處境擔憂
愛你
雖然幸福得有如天仙般在天堂中漫遊
卻也左右為難
為著你
不太安全的所處
擔驚受怕
愛你的心
七上八下
為你的安好不得安寧

想發短信
問你一聲可好
就是不敢
怕我的心思
壞了你的安全
萬般無奈的我
只有在你的背後
為你暗地裡祝福
一切都好！我的人兒

2006年7月2日早上帝詩人陳進勇作

靈魂相愛的人

作者：陳進勇

每天的陪伴
都是對你的思念
如果只是在想
那證明的
只是對你淡淡的愛著
如果我的心痛
那便是深深的愛著你

讓人難以作人的是你
讓人日思夜想的是你
讓人對自己的親人有著說不出的同情的是你
讓人左右為難的是你
讓人想對親人隱瞞一生的是你
這一切的苦衷
全因對你有著不想放棄的真愛
不管世人接受與否
我只想大聲對你說
我所愛的人
我在內心上永遠接納你
我的靈魂深處
全是寫著對你的真誠所愛
如果現實真的無奈得讓我們一生都不能相見相愛
我們就或許有一天以極端的方式
出走到能讓我們相愛的陌生地方
只要能容納我們的所愛

那就是值得我們生死與共的愛情聖地
對所愛的人兒說一句
我們一生都靈魂相守相愛

2006年7月8日上帝詩人陳進勇作

咖啡糖般的愛

作者：陳進勇

親愛的
其實真正的真愛
就有如一顆咖啡糖
當你沒吃到它時
你就認為
普通的糖果就是最好
其實普通的糖果
只是淡水的婚姻
在你沒嘗到咖啡糖時
那種牽腸掛肚的滋味
你是不會懂得的
你就會誤解
把普通的糖果
當成珍貴的咖啡糖
而它們的價值差比
是非常巨大的
不信
你就到超市里

試買
試嘗

2006年7月9日早晨上帝詩人陳進勇作

最好的女人

作者：陳進勇

我今天上街
看女人
看女人的走姿
看女人的行走情景
說實在的
有的女人就是靚麗
可多靚麗的靚女
都沒有你在我心目中的那般美麗

我欣賞
街頭上靚女的流動風景線
可我實在是品味不出
和你所能相比的內涵
體會不到
能和你相同的動人品質

我細察
可我覺察到的只是行人的匆忙
沒有發現
你留戀我的甜蜜背影

我體會
可我體會到的只是陌生人的茫然臉面
卻沒有體會到
你嫣然一笑的勾魂殺心感覺

2006年7月10日下午上帝詩人陳進勇作

痛和愛

作者：陳進勇

有一種痛
是不能說出的
這種痛
便是來自我們精神深處的痛楚
有一種愛
也是不能講出來的
這種愛
便是來自於我們靈魂深處的純愛

能說出的痛
那不是什麼大不了的痛
不能說出的痛
那才叫真正的心痛
這種心痛
只能用苦不堪言來形容

能說出的愛
那不是什麼了不起的所愛

不能說出的刻骨銘心的愛
那才是靈魂上真正的所愛
這種愛
只能用至高無上來形容

2006年7月14日早上上帝詩人陳進勇作

人間最愛是老婆

作者：陳進勇

老婆啊
不管外邊的世界多麼的美好
都沒有我們安身立命的小窩可愛
不管外面的野花多麼芬芳
也都沒有家中的老婆一枝獨秀

情人的美好
只是短暫的美酒
讓我沉醉得不知返歸的
只是幾個不知所以然的晚上
可我的好老婆
卻是一杯清香的龍井極品
那沁人心脾的茶香
不會讓我糊裡糊塗的作人
滴茶知心
讓我這個迷途知返的老公
洗心革面，重新作人
我承認

我錯了，我的好老婆
天底下最善良的女人
你的詩人老公雖然壞蛋
可他愛你的心還會依然存在
雖然作為老公詩人的我
想多找一兩個愛情模特
為的只是多體會「愛情」的感覺
多作些愛情詩篇
可是，我錯了，我的好老婆
天下間情人的心是最不可靠的
再好的情人也不會像老婆你那樣的愛我待我
不論我在外面吃多少苦頭
也不論我在外面多麼的失魂落魄
可一個寒酸詩人的我
還會讓老婆的你一往情深的愛著寵著

我多難睇，多不好看
可我在我的老婆心中依然是英俊瀟灑
依然是她心目中的美男子好老公
我也依然的是她的寶貝摯愛
不論我有錢與否
也不論我富貴貧賤
我的老婆還會依然的接納我
還會不離不棄我
還會像好狗般跟隨在我身旁

好的老婆
不是一杯濃烈的白酒
好的老婆
像一鍋清煲的靚湯
越熬越出味

越品越有味道
不管這鍋湯有多老
也不管這鍋湯是否面目全非
可好的味道還會在我心裡，在我詩中
作為老公詩人的我
哪怕老婆的你經受不起歲月的雕刻
我還會依然的愛你
你也會依然的是我當初的美人兒
　　　2006年7月22日早上上帝詩人陳進勇心中有愧為老婆阿英作

獨食狼

作者：陳進勇

我想對你說
我所愛的人兒
我不許你亂聊亂Q
是因為我是真的在乎你
我雖然不知
你到底在和誰聊和誰Q
也不管其是雌還是雄
是兩腳的雄雞還是四腳的黃鼠狼
總之，我要做的就是
關好我的雞籠
讓一切的危險都不復存在
我小心的背後
是有著一番良苦的用心
我所愛的人兒

是容不了別人來分享
不管是野蜂還是家蜂
是屬於我的鮮花
我就必須幹好護花使者的職責
這番辛苦的付出
將會有著豐厚的回報

別人的大方
我並不欣賞
在愛你的心上
我歷來都是獨食的色狼
我的霸道
就是不允許愛有道理可講
常理和俗規
對愛你的心而言
是容納不了所謂的常理講道
我只知
愛你不會錯
想你也不會錯
愛你的心不會講理
講理的心就不會愛你
既當心賊
就無須怕作道德惡人
既然愛花盜花
就只需花為我開！花為我美
別人的譏言諷語又算得了些什麼
我們在乎的
只是你我是否還在相愛

2006年7月23日下午上帝詩人陳進勇作

愛心飛翔

作者：陳進勇

每一個早上
起床的第一件事
就是向你問候
問候的信息
連同愛你的心
在飛翔

按鍵
是我敲響你心房的靈手
無繩的電波
是連接你我相愛的心線
一按一動
都牽掛著你我的心思
一字一言
都是我們相愛的真心話語
一舉一動
都是我們真心相愛的表現
雖遠隔千里
卻也心心相印
一喜一悲
卻也是異鄉同樂同愁

相愛不恨晚
相識不怨遲
晚愛
才懂得珍貴

遲識
才知來之不易
遲愛雖讓我們有著說不出的理由
可也正是這無奈的現實
讓我們懂得
真誠所愛是多麼的不易！多麼的可貴可歌
說不出苦衷的背後
有著我們赤誠相愛的別樣情緣
道不出的苦楚
埋藏著我們相遇、相愛的意外情結

愛我吧
我所正在愛著的人兒
不管我們有多麼的遙遠
我們所相愛的心都必須相通相印
也不管我們面前有著萬水千山
我們的手都要相牽相握
艱難險阻
會在我們相愛的愛心前
無影無蹤
只要我們真心相愛
哪管山高、路遠、事難、心傷

請按著我們相愛的心房
向著我們所在的方位
也請我所愛的人兒
按著我們不太起眼的手機
讓移動公司
為我們的情愛訴說傳遞個不停

2006年7月26日早上上帝詩人陳進勇作

愛的樂章

作者：陳進勇

無須多說
無須多言
只要我們四目相視，兩情相依
我們的眼神
就會傳遞出我們無盡的愛意和我們心中所想

一切的話語
都顯得那麼的多餘和蒼白
我們的肢體語言
有著語言所無法表達的情感魅力
我們交纏的肉體
表現出無盡的纏綿、情深、愛意

說上愛你和想你
都可能只有毛頭小子或新生愛手
才會這般平淡無味的表白
作為一個
在內心深處深愛著你的過來人
我們
無需像奶油小生那般演戲訴說
我們相約、相見、相依
我們相擁、相抱、相連
我們需要的
就只是盡情的融合在對方中
我們需要做的
就只是在有情調的節奏感裡歡樂縱情

幹好我們自己的神聖角色
讓自己和所愛的人兒
獲得至高無上的快樂和幸福

我們尊重對方的意願
我們就更有責任和理由
讓對方像自己一樣獲得快感和享受
我們探測的不是人間地寶礦物
我們探測的是人間的幸福天堂所在
我們尋找的不是黃金白銀
我們尋找的是人間愛的聖水和樂泉

開闢河流江山
需要鬼斧神工般的技藝神力
尋找活源聖水
需要技巧和愛心同在
品味聖潔
需要無邪和真愛與共
享受快樂
就必須全身投入並用心感悟

我的愛人
品味甜蜜需要我們共同努力、相互配合
體會情感需要我們真心相就、無私奉獻
享受激情需要我們高超的技藝把愛的樂章奏響

2006年8月10日上帝詩人陳進勇作

說愛

作者：陳進勇

如果
愛
是那麼的垂手可得
那麼
愛
就不會顯得珍貴

如果
愛
是不經一番努力獲取
那麼
愛
就只是平淡無味的家庭組合

如果
愛
不是我們夢中所想所求
那麼
愛
就不是發自於我們內心的靈魂嚮往

人可活得艱苦
可人不能不有夢想
人可以過得中庸
可人不能不有心中所愛
如果人一旦放棄心中的理想

如果人一旦放棄心中的所愛
那麼活著也就顯得毫無意義和樂趣
百般無聊的活著
這是沒有生活動力的過活
這也不是我們心中的所想所願

2006年8月12日早上帝詩人陳進勇作

四字真言

作者：陳進勇

有愛相聚
無緣無愛
人生幾何
春宵幾度
真愛無幾
心人獨一
情真無邪
莫管他鄉
閒言碎語
只求所愛
不負今生
是等是留
是進是退
天堂苦海
一念之間
笑問天公
動心幾人

莫枉春光
埋情苦度
蹉跎歲月
老來歡息
可悲可惜

沒愛的日子不如走

作者：陳進勇

因為愛得深
才會心痛
因為愛得艱難
才會懂得珍惜

路遠擋不住心想
艱難嚇不倒愛心
純潔就不怕影斜
心愛就不懼險惡

愛人之間的悲哀
不是在於別人的誹謗胡說
而是在於愛人之間的自我放棄
讓愛在自己的眼中溜走
讓幸福飄離我們的身邊

既然家庭只是為了組合而組合

沒有愛的小窩子就該早日放棄
如果日夜相守的人不讓我們動心
如果相守只是為了過活而過活
那麼，相守的生活就毫無人生樂趣所在
相守的人也就顯得無知和大傻

我們要活得精彩
我們更需要活得有愛有樂的情趣
如果無奈只是讓我們相守著共度時光
遠走高飛就是我們最好的選擇
和相愛的人吃得清淡點
也比和無愛的人住在高樓大廈強

2006年8月14日中午上帝詩人陳進勇作

女人的心和真正的愛

作者：陳進勇

你可以相貌平平
你也可以不高不矮
你的體態還可以一般般

不過
你得讓你所愛的人內心快樂
因為
人嘛
最幸福和快樂的不是物質和金錢
而是內心和靈魂上的感受

你可以不太有錢
你也可以沒有車子和房子
你再可以沒有高的現時收入

不過
你得讓你所愛的人覺得跟你有奔頭
因為
人嘛
現時的生活狀態不好不等於以後就不好
環境是會改變的
只要精明和努力付出
未來的明天就一定會改變

你可以不有一個好的爸爸或媽媽
你也可以不有上人的幫助
你再可以現時一無所有

可你
得讓你所愛的人覺得你是一個不可多得的好男人
得讓她認為
你就是值得她託付終身的好伴侶
得讓她感到
跟你她會快樂和幸福
讓她確認
你就是她的未來和嚮往
因為：精明的女人
不會以物質作為第一選擇
人才是根本
心才是關鍵所在
真愛也正以此為根據

任何與金錢物質掛勾的所愛
都是對純情的誤解
對真愛的污蔑
以此為基礎的結合
都是物質和各取所需的結合
所組合的也只是婚姻家庭的所需
所結合的也只是男女兩性的結合
和人性本能的所求
絕對不會是人世間的真實愛情
只有白癡才會認可

2006年8月27日上帝詩人陳進勇作

我在向你告別

作者：陳進勇

沒有資訊
沒有問候
或許這就是我們在相互淡忘的原因

疏遠和無言
回避與生疏
或許是在暗示
我們正在相互淡忘

淡出和告辭
或許真的是你我最好的選擇
一個不笨的人

不會不知道生疏後的所示
一個癡呆的蠢人才會強人所難
不再繼續有著強烈情感的愛情故事
或許就該至此謝幕散場
單獨演唱的愛情話劇
是可悲的小丑自演

愛人和被人愛
是要出自於雙方的自願所想
任何強求一方的所愛
都是心不甘，情不願的強盜式所愛
任何用物質和金錢作為誘惑的愛情
與其說是出自於自己內心情感所愛
還不如說是在挪用或是佔有的強人所「愛」
這些物質性的所愛雖不是出自於靈魂的真實所愛
但，卻是許多物質性的人的各取所需式的所謂「愛情」

愛過我和被我所愛過的人
我在此向你說聲再見和道謝
這是我，也是你
在愛過和被愛過之後的告別所說
我願放棄我對你的情感
但，不等於就一定要否決我們曾經擁有過的所愛
我願意回歸我的情感歷程
這不等同於就一定要埋怨你我曾經有過的情感
我知你的為難就更要理解你我的決定
或許我們各自不出聲的離去就是我們最好的選擇
因為：你不想傷害我
就像我也不想傷害你一樣
沉默無聲是最好的離別方式
作為情理人論

或許我們真的必須以家為重
該有的愛，不該有的愛
該有的情，不該有的情
這些都必須理清歸源
對於家來說
最重要的還是今天的過活和明天的過活

2006年9月3日早上帝詩人陳進勇作

怨公言

作者：陳進勇

怨一句老公
你真不知好歹
你日上網，夜上網
日也Q，夜也Q
Q得樂不思蜀不知所以然
Q得老婆心碎心涼又無奈
Q得家不像家，妻不像妻，公不像公

千不好萬不好
不好的就是這根網線是禍根
千埋怨萬埋怨
就怨電腦的QQQ走了我夫心

日不想吃
夜不想睡
只守電腦一台

為的只是你你我我聊個網情上了癮
圖的只是虛虛假假網上虛情把心迷
說上愛別人也不知廉恥老糊塗
背後的老婆身邊的女
床上的老公桌旁的爹
有家有室還老不正經
有妻室有女兒還想個啥
還在網上假惺惺的我愛你
卻不知笑壞幾多口水幾多口氣
老花眼來你發神經
你偷野食也不該在家裡的電腦裡偷
一丈之內你還是我夫婿
自古以來邪不壓正
有本事的你就叫網上的情人和我來單挑

說你頭頂生瘡，腳底流膿——你壞透頂
老公的你走私情感走私愛情
你端著碗裡的卻想著鍋中的
你野心不小，你開小差
你半路出家，你想另尋新歡作新愛
真是說你癲，你就癲
話你傻，你就傻
真心實意為你好的還不是家中的老老婆
要是你真的有三長兩短意外事
為你心憂為你心愁的還不是你的婆娘我
老婆要是別人的好
那就是因為自己的女人確窩囊
網上的情人要是能解情
你這蠢驢就抱台電腦來過夜
你敲敲鍵盤就能飽
有本事的你今晚就不吃老娘我做的飯菜

有妻不愛你亂瘋癲
這也愛，那也愛
狗嘴裡你吐出只象牙來
要是網妹信你話
母豬也能爬樹睡
不信你這大傻你就Q
QQ網妹是否跟你這蠢驢睡
說說逗逗還可以
網上情人信不得
作作詩詞由你作
你要是弄假成真我就割你老命根

話說當年我嫁你
不為屋子不為錢
不為身高不為貌
只為你窮小子這顆情詩心
不住高樓
不住大廈
不貪富貴
不圖官商
只想你小子日後待我好
篇篇詩歌片片心
個個字來個個愛
你歡我愛過小日
不枉良宵不枉春

再說一聲老公你
錯的要改，過的不究
自此你要把網情改
不三不四你就不要亂來Q

要是你再不說正經話
老婆我就找你的網線封你的電腦
看你還和哪個聊
你好狗一隻跟我過
我為你做飯為你洗衣裳
一心一意服侍你
為你持家為你育女兒
寵你就像寵只活王八
讓你樂來讓你愁
讓你心想讓你心憂

2006年9月4日晚上帝詩人陳進勇代老婆阿英作

我們都不是時間的對手

作者：陳進勇

不管你高興也好
也不管你煩惱也罷
時間和世事都會慢慢的折磨你的心情
讓你哭也不是，笑也不成
無奈世事就是這樣待你
你不接受也得接受
現實就是這樣的折磨人
你又奈得現實怎樣

時間會讓你淡忘傷痛
時間同樣也會讓你慢慢心老
麻木的只有是心魂

在流血和悲哀的也不只是內心
淚早就讓風風乾
麻木的表情埋藏著太多的無奈

高叫和大笑也奈何不了現實
愉快的事情總是很快的就過去
我們所能逃避的只有是用無表情的忍受
沉默也就成了我們最終的抵抗
因為：我們都不是時間的對手
有許多事情都是由不了我們所想所願

2006年9月14日下午上帝詩人陳進勇作

足球的藝術

作者：陳進勇

當一個球員把球射進門時
那射進的不止是球
而是聲譽和金錢

要說高興
其實那不止是球進了
或者是球技妙極了
真正的興奮還是綜合進來的興奮

對個人是分，是成績，是前程
對教練又何嘗不是如此
對俱樂部和企業呢

那也是不言而喻的
球迷嘛
不是大傻就或許真的是賭徒

球員在球場上只是棋子
要是哪個棋子表現不佳
下場便是沒話可說的事情
要知道：這不是為球而球
也不是為樂而樂
你代表的是一個利益的整體
再也沒有哪門玩藝兒讓利益團隊更動心的了

2006年9月18日早上上帝詩人陳進勇作

好老婆無須管教丈夫

作者：陳進勇

好的老婆
無須管教自己的丈夫
她的行為和情感
自然就會感化浪子野心的老公

說實話
我是一個花花腸子的男人
如果不是遇到一個各方面都讓我滿意的女人
確實難以捆綁住我這顆不太安分守己的野心

外面的誘惑太多太多
如果老婆的你不是一個好的女人
像我這樣狼心狗肺的狗屁詩人老公
確實是一匹花心的老野狼

古人說：人不風流只為貧
可我的風流卻只有情和詩
所有和我所相愛過的女人
沒有一個不是用情和詩來哄取

我承認
我不是一個好男人
我也不是一個好丈夫
我用我的虛情和我狗屎般的情詩俘虜了你的芳心
我在你這潔淨的心魂上抒發著一個壞人的心曲
對於我來說
我愛你的確就像老鼠愛大米

講真的
自我們相識相愛以來
你一直真心的待我愛我
不安分的只有是我這顆久經沙場的壞心
你一心只向著我盛開的愛心讓我自愧不如
你潔淨的心房讓我無話可說
雖然，我曾經雞蛋裡挑骨頭想找藉口
可我還是一無所獲
在你這樣的好女人好老婆面前
虛偽的我
何時又是你身正不怕影子斜的對手
我除了痛改前非

一往情深的愛你外
還有什麼更好的待你

2006年9月19日上帝詩人陳進勇作贈老婆阿英

成功的商人

作者：陳進勇

好的商人
不只是會掙錢的機器
好的商人
無論你在商業上多成功
如果你在事業有成後
不作慈善事
不幹有利於民眾和有益於民族的事
那麼，你的成功
就只能證明
你只是一台會賺錢的機器
無論你的身家多少
你最讓人敬佩的也只有是你對錢的擁有和崇拜

記住
作為一個真正的成功商人
不能只是會掙大錢會做商業的人
你更需要有比普通人更富有同情心和責任感
賦在你身上的職責更大的是回報社會

一個不回報社會

一個不造福一方百姓
一個對自己的國家和民族都漠不關心的商人
無論你的商業王國有多大多強
都是不值得推崇的
在民族和社會的面前
你的心裡只能證明：錢錢錢

你在成功後
也只有是回報社會，善待民眾
才會顯得你不忘本有善心
因為：商業成功的最終目的
不只是讓你擁有更多的錢和企業
而是讓你更大的回報社會，回報你自己的民眾
這才是一個成功的商人所該擁有的職責和良心

2006年9月23日中午上帝詩人陳進勇作

逃離羊城

作者：陳進勇

要說廣州好
作為外來客的我
在這短暫的幾天裡
我是感受不到

我承認
廣州比北流大
可大並不等於就一定適合我

我也承認
廣州的建築和綠化比北流更加出色和好看
可作為人文社會來說
親情與和諧比外表更加重要

或許，廣州羊城的人會說我無知
作為一個來廣州沒幾天的外鄉人
或許，真的沒有資格在廣州說三道四
可作為一個外來人的我
不得不說我心裡的真實體會和感受

說實在的
我以前好羨慕大城市
認為在大城市生活一定比在小城市生活好
可當我來到廣州時
我才真實的體會到
紅燈綠酒的生活
那只是有權、有錢人的生活
在大城市裡
作為平民百姓的人們
就必須作為金錢的奴隸被生活支使
在大城市生活的普通人們
許多原來的本性早就讓大城市煎熬得面目全非

在廣州居住的普通百姓
別看那一幢幢的高樓大廈美觀好看
可一層層的房子或是沒寫著監獄二字的心靈牢房
就是這樣的心靈牢房
許多人或都沒有資格擁有
或都一生都要過著城市的房奴生活

要說出行
那滾滾的塵粒廢氣
確實令人窒息難受
堵車時的情景
真是讓人望而生畏

因為沒有太多的錢
小車現時在廣州許多人是買得起也養不起的
打的那是不用想的事情
除非有急事或充大頭時才打
的士這玩兒
多數是專門宰外來客的幹活
對於沒多少錢財的平民百姓來說
打的確實不是首選

既然不打的
那腳骨就得硬朗
行路就得像耗子般快
擠車就得像沙丁魚般靈活
心情就得像防賊一樣對待周邊人
因為你所處的公車環境
許多都是陌生的臉孔
公車上所播的讓座公德
好像是在對牛彈琴般諷刺
因為：這裡坐著或站著的多數是無動於衷的活物
不信，你就看他們麻木不仁的臉孔
那無動於衷的表情表明
這裡的人或許不可救藥

再看街邊的巡防保安
手持鐵叉倒鉤的嚴陣以待景象

表明這裡的治安不容樂觀
這裡防的是每一個人
所屠殺的也是每一個人的內心靈魂
所顯示的也是這裡的人心莫測

說實話
廣州太大，太亂，太多外來人
廣州不得不這樣待人
如果讓我的家小生活在這樣的境地
我是一百個不願意的
我們的小城雖然並不大
可也夠我們的生活所需
沒錢買汽車
就騎著摩托車到處跑竄
有心情的時候
就和老婆阿英打理一下我們的那塊小菜地
過著這半耕半讀的生活方式多好
對於我的內心靈魂來說
廣州羊城但願永遠的再見

2006年10月4日上帝詩人陳進勇作于廣州羅沖圍

請給家人打個電話

作者：陳進勇

等您等得我心急
等您等得我心憂
可您還是沒有回來

家中的我正在焦慮不安

夜幕早就降臨
本該歸家的您還未出現
外面的街燈早亮
車水馬龍中還未見到您開摩托的身影
萬家燈火點亮著的是我焦急萬分的擔心

電話我還是在重拔
可你的「小靈通」還是在靈而不通
這個不爭氣的電信真是讓人心愁讓人怨恨
你解決不了的技術就不要蒙人錢財害人心憂
要知道客戶的連線不只是通話還有心憂

說一句實在的話兒對您老婆
這個家缺不了您老婆也少不了我老公
您我身上承擔的不只是義務和職責
還有我們相攜到老的相愛心思和靈魂
我們都沒有理由拒絕對家的共建，對愛的擁有
這個家需要的是健全的您我
所以，老婆的您回晚了
就該給家人打個電話
以免家人擔憂您的太多

　　　2007年9月1日晚於北流家中，上帝詩人陳進勇作贈老婆阿英

房奴人生

作者：陳進勇

不要羨慕我是有房的主
在這個小小的縣城裡
其實，政府、開發商和銀行才是真正的主兒

為了有一個安身立命的小家
好害怕開發商的「恫嚇」
要是我們不按揭貸款買房
我們將在這個城市中毫無立錐之地

不忍心老婆夜半流淚的可憐樣子
那種想擁有一個小家的強烈所求
就情不自禁的橫下一個窮光蛋的恒心
給老婆和孩子一個安定的窩子
一個屬於我們自己的溫馨家園
哪怕是拆東牆補西牆也得把房子買下

受不了老婆沒有房子的委屈折磨
聽信了房產商美好的憧憬誘惑
信仰了銀行的大方與慷慨
就這樣
一個窮困的小丈夫終於為家人撐起了一片藍天
一個精明的不惑漢子最終上了別人的「賊船」
為房產商和銀行貢獻下半生的日子終於來臨
寅吃卯糧、絞盡腦汁的生活方式已經開始
等待著我們的將是一個艱辛的城市房奴人生

上帝詩人陳進勇2008年11月29日作於北流家中

心中的太陽

作者：陳進勇

當世事並不按我們的心想發展時
當我們付出的一切努力都是徒勞無功時
當我們忍耐時間和事態再也不能忍耐時
我們說什麼的人定勝天的信念
那真的是癡人說夢、自不量力的愚人說法

任何借用詩人李白的「天生我材必有用」的言說
都是無知的人的自我安慰
也是無望和無奈的自欺欺人心態在作怪自慰

百無一用是書生
古人的論定我們後人真的是不得不服
至少這是對於我們寫詩的人來說是這樣
萬般皆下品，唯有讀書高的荒唐謬論
早就被經濟財富推翻得一乾二淨
人們和社會所期待著的是金錢財富和經濟的發展

所以，請別與人說詩
詩歌現在真的不行了
現今的社會不是詩的社會
真的，請不要對別人稱說你是詩人
人們會在背後掩嘴恥笑你是瘋子
也請你別再上什麼的詩歌論壇、網站
那裡只是自以為是的詩混們的天下
天天都拉屎塗畫亂天
或者攻擊這個或者作惡那個

搞得烏煙瘴氣的不知所以
讓人們覺得個個都是詩人，人人都在作詩
而又個個都不是詩人，人人只是在亂寫亂畫

其實真正善待詩心的
只能在我們的內心深處作詩
也只有在我們的內心深處才有我們詩的一方淨土
哪兒也裝不下這潔淨的詩魂
只有是我們無求的詩心才能容納真正的詩魂
浮躁的社會和物質化的人心不再是詩的樂土
只有是我們寫詩人自己的胸懷才真正的是詩歌心目中的太陽

上帝詩人陳進勇2008年12月8晚作於北流家中

汽車寶貝

作者：陳進勇

看你們秀色可餐的清秀外表
那純真而又不色的絕美身軀
真是讓死鬼也會返生品味
你們亮麗的肌膚和魔鬼般的身材
實在是讓同是女人的人們自愧不如
作女人真的是千差萬別

不管你們擺出何種姿態造型
為的都是把我們消費者勾魂、殺心、奪錢
你們想的也是把你們絕美的氣質
襯托出你們所代言的汽車品牌確實是與眾不同

你們讓男人垂涎三尺的不只是天生麗質
你們讓男人情不自禁想擁有的還有美女和香車
車商們的壞水就是計算我們男人的欲望心想
讓我們大飽眼福的背後卻是高附加值的汽車身價
狡詐的車商用你們特有的原生女人味
在我們愛美的心口上痛痛的狠宰我們消費者一刀
不管這一刀是否鮮血淋漓，錢幣多多
可這一切的付出
都是希望我們所買的汽車能像你們那般完美無缺
儘管我們明知車商在借花獻佛，醉翁意
也懂得車商們在以嬌花襯托綠葉，自貼金
以你們人見人愛的氣質捕獲著我們貪饞的私心
以你們美麗的風景線吊高著我們消費者的胃口
真正的意圖便是像釣金龜婿般把我們當作肥豬宰

我們也不怕對汽車寶貝們說
我們不會拒絕美麗和純美
我們同樣不會拒絕性感和氣質
雖然，我們每一個男人都有著愛美之心
可是，我們會拒絕誘惑和貪婪
我們會拒絕肉欲和好色
我們會拒絕妄想和天真
雖然，這是無奈的自我安慰
可我們的內心清楚明白
多靚的汽車寶貝也只能當作風景線般欣賞
喜歡！但不能真心相愛與擁有
因為：你們的眼界太高！夢想太大
打你們主意的富商也實在太多
我們平民百姓實在不是其對手

美麗的汽車寶貝不是我們粗茶淡飯的所能擁有
觀賞可以
愛你們既不現實也不實際
或許，你們汽車寶貝的存在只是為了某種角色需求罷了
你們在車商的眼中也只是吸引眼球的誘餌工具

2008年12月18晚上帝詩人陳進勇在北流家中上網看車展而作

夢想的世界

作者：陳進勇

我現在可以不吃
也可以不穿
我再可以不住
可我真的能按我想的方式生活嗎
我真的就能一事無憂的安心做我自己喜歡的事嗎

難
這比登天還難
誰叫我們是不惑之漢子
誰叫我們上有老下有幼
還有令自己動心嚮往的好老婆
一家之主不作主決，誰作主決
家中的主脊梁不挑重任，誰挑重任
家裡的頂天柱不憂家為家，誰來憂家為家
為了我們可愛的小家
我們作男人的就必須身不由己、甘當牛馬

想單身時的日子
真是無憂無慮
無家一身輕
念舊時年少童趣
只管肚子不餓，任我玩耍東西南北
年少幾何
無知自樂
只道是懷情成家，色樂職責安在
苦笑無聲
甜酸苦辣只埋心底自知
責大於天

感想又怎
感慨又如何
生活的艱辛
人心的險惡
都不是我們所能左右
夢想可以
可生活還須依舊
理想的天地只有在我們睡夢中出現
想清新脫俗的寫作
只有是在夢醒時的清淚
還讓我們神志清醒幾分
生活的步子還須繼續邁出
明天東升的太陽還在警告著我們男人：職責還須承擔
為了養家活口
一個四十不惑的男人還要奔波勞碌革自己的命
為家人而活義不容辭
夢想的世界只能在我們詩人的靈魂內期待展現
現實的生活只會無情的煎熬著麻木的靈魂

                    2009年元月10日晚上帝詩人陳進勇作於北流家中

某些紙上談兵的專家、教授

作者：陳進勇

在CCTV軍事節目上
看軍事專家、教授講解飛機、坦克、核潛艇知識
就好似大師般佈道精通熟知的家常
讓我們這些一知半解的軍迷們
不得不五體投地信服大師們軍事知識淵博無比

專家、教授們對軍事的確是無所不懂、無所不知
看他們在CCTV軍事節目上對軍事戰況的預測
我們這些無知的軍迷不得不深有同感
只是事後只差沒有捧腹大笑
怨我們當初的無知受人迷惑太深
同時也慶幸國家的三軍總司令好在不是這些專家、教授
否則，戰事一旦發生
如讓這些專家、教授作軍事指揮
不亡國滅族也會讓國家元氣大傷

這些軍事專家、教授們
在軍事實戰中和武器祕密上
真的比戲中的小丑還逗
要知軍事祕密是國家的命脈要門
如此這般在電視上大泄說談論密
不是在愚弄我們廣大電視觀眾誇誇其談
便是在賣國洩密作漢奸
如果國家安全局不找上門讓其蹲大牢
如果真正的武器製造專家無不掩嘴恥笑
那就證明

這些所謂的軍事專家、教授在胡說八道
在矇騙和忽悠廣大的軍迷
CCTV軍事節目或許真的需要有人作自以為是的無知表演角色
而這一切的一切不過是為作節目而節目罷了

2009年1月28日上帝詩人陳進勇作於北流家中

真正的詩人不該擁有婚姻和家庭

作者：陳進勇

既然我們像野馬一樣放任自己自由的情感
我們就沒有能力控制我們的愛心是否專一
我們的性情總是隨詩飄蕩
我們就會無法把持情意的持久
當上天賦予我們是一個放蕩不羈的多情種時
我們就不會是一個稱職的丈夫和愛人
我們同樣更不會是一個安分守己的伴侶

誰叫我們有著一顆不眠的詩心
又是誰叫我們有著不純的心魂和歪念
更有誰叫我們擁有六根不淨的心思夢想
壞心眼的不只是我們的七情六欲激情
更讓人失望的是我們還有著一顆別人所不能有的情詩心

我們用詩美化著我們的所作所為
我們還用詩打扮著我們本來就醜陋的心魂
我們用桂冠的詩歌裝飾著我們下流無恥的表演角色
我們還為我們的所作所為高呼萬歲

為不知恥辱的低下品質大唱讚歌

我們是人
是一個無法與常人比擬的詩人
是一個無能為力作到一般愛人準則的詩人
我們無法收住我們作詩的詩心
我們也就沒法控制我們浮躁的詩情
我們不能作到一生只愛一個愛人的所願
我們也就無力承擔普通常人的丈夫責任
我們雖為人夫人父
我們卻不一定就能遵從常理俗規
當我們遇到動心的人和事
我們就詩行無規地展現詩性無忌諱
詩至忘我
情到濃時
我們就真亦假、假亦真的現實投入實況角色
再也無法把握愛的真假角度和對象
出錯也就在所難免
不良的行為也就真實的展現我們原有的詩人本性

我們是詩人
而我們卻擁有著我們自己的愛人和現實的家
我們不能承擔常人的家庭責任
我們就不能拒絕老婆的訓斥和埋怨
我們比不上常人的能耐能幹
我們也就必須低頭默受老婆的嘮叨訴說
誰叫我們是詩人
並且是一個不能幹，只會賦詩弄詞的詩人
或許，真正的詩人是不該擁有婚姻和家庭
因為：我們是活在詩歌天地的異心人
我們是不可能把詩的世界帶到現實的生活中的那個完美人

真正的詩人或許真的不適任作一個現實稱職的丈夫和家長
真正的詩人只會適合在詩的天地間放歌神遊

2009年1月30晚於北流家中上帝詩人陳進勇愧疚作贈賢妻劉慶英

紅顏難求

作者：陳進勇

妻子易得
紅顏難求
世間眾庸皆勢利
滾滾紅塵
知心無一
知己全無
橫筆傲笑
歎世間紅顏知己世上少有
可遇不可求
志向雄才與誰訴說
獨詩天國
一覽同志無
感歎東風不與周郎便
有才命薄，不相完美

2009年2月5日早上帝詩人陳進勇作於北流家中

生活的本義

作者：陳進勇

生活並不因為你過得艱難而同情你
生活也並不因為你過得儉樸而讚賞你
其實，生活更不因為你過得奢侈而責備你
生活歌頌和賞識的只是那些會生並會活的人們

生活本來就是一曲大雜燴的樂章
不同觀念的人就有不同的品味
或許，你對生活的品味倍感辛酸苦澀
可別人對生活的體會卻是甘甜如蜜
這種我對你錯，你是我非的爭論原本就可笑無知
誰是誰非的生活方式只是主觀意念淺解
生活本身就不是為了否定這個而肯定那個的對與錯
其實，生活的本義卻是因人而異
生活的方式也可以盡可不同
只要有你適合的生活方式
那你就應該盡情享受生活的樂趣
好好感受生活的甜酸苦辣
只要你記住和理解
生活本身就不虧待或厚待過你
是你自己沒能力不能爭取或適應生活的自身
其實，生活和生命一樣是公平的
它不因某些人富有、錢多就讓其過得一帆風順
更不會因某些人位高權重就讓其高枕無憂
生活和生命一樣有得就有失
是屬於你的就會自然屬於你
不是屬於你的就莫要強求

不公平的只是人間社會和人的自身
過多苛求和索取都是對生活的誤解和違背

如果你因為生活過得不如意而失望抱怨
如果你因為生活過得富裕而高興歡呼
那都不是生活的所在所求
其實，生活的本身就是各人有各人的活法
生活的所求也是知足常樂，甘苦自嘗
能生能活就該慶幸、滿足、自樂
至少比起那些生重病或不幸的人來說
能平安、健康的過活是多麼的幸運和幸福

人生本來就短暫
我們活在人間的日子並非漫長
人生得意須盡歡
這又有何過錯
能享不享，能樂不樂，這並非是好的主意
年老體弱，心有餘而力不足就知後悔當初單純無知
所以，有條件的時候
我們又何必有樂而不樂之理
強忍或強迫我們一定要過艱苦的生活並非生活本意
順其自然的過活方式又有何不妥
生活的釋義就是要我們既懂得生也要懂得活

2009年2月12日晚上帝詩人陳進勇作於北流家中

只有情感化的女人才會有真心的愛

作者：陳進勇

如果你想主宰女人
那你就讓她作你的女皇
如果你想趕走女人
那你就讓她傷心絕望

女人的心是情感化的心
女人的心也是虛榮的心
對於情感的女人來說
沒有什麼比你讓她作你的上帝更加幸福的了
女人最想感受的就是你最在乎她的感覺
讓她沉醉在你的愛意中是最好的靈丹妙藥
迷惑在你溫柔夢裡是讓她死心塌地愛你的最好方式
順從她就是她順從你的好計謀
欲取之就必先予之
對於情感型的女人
你愛她的付出遠比不上她愛你的付出多
情感的女人就須用情感作為繩子來牽引
讓女人和你在一起有著翩翩然的感覺就是你們相愛的最好保障

作為靈性的情感女人
活在情感中比活在現實中更加重要
作為她的愛人
你不單要體會她的感受所想
你更需要控制和引導好女人的內心情感
掌握女人的內心靈魂
這遠比金錢物質愛得更加心切甜美

只有物欲心強的女人
才能掙脫情感這道門鎖
對金錢有著強烈所求的女人
情感也就當作放屁一樣臭不可聞
對於拜金主義的物質女人來說
金錢才是她們心目中的真誠所求
愛在她們的眼裡也就像脫褲放屁般顯得多餘
和此類女人談情說愛就好似狸貓換太子般可悲
情感的愛情在其心中也就如到市場去買賣般隨便

只有情感化的女人才會有真心的愛
任何愛的所示
不是出自於內心情感所想都是虛假的所愛
這樣虛偽的愛不要也本無所謂
好的相貌和身材
只會代表好的養眼和食色
卻不一定就會代表美好的愛情和未來

婚姻需要金錢作為支撐運作
愛情卻只須赤誠的情感相互付出真情
不管這樣的真心所愛是否長久
也不管其能否抵擋住婚姻和金錢的折磨
但是，如此這般的情感化所愛
卻是真誠的、內心的所愛
即使其短暫
卻也是我們一生中最美麗、最純潔的愛情所在
除此，其他的所愛都顯得虛偽！不值一提

2009年2月18日上帝詩人陳進勇作於北流家中

最後的人生舞臺

作者：陳進勇

曲起曲落
人舞人散
不管曲舞如何變化
不變的只是舞池中老年人的心還在返老還童

勞累一輩子的辛酸已成往事
老來樂的趣味在大媽、大伯們洋溢的笑臉中得到印證
人老心紅也最終能在年老時的舞步中釋放

莫笑年邁的腰肢如何僵硬擺動
人生遲到的舞步終要邁出
笑也好，誇也罷
人間百態老自樂
世事如歌舞自癡
冷眼旁觀
高歌一曲
多少辛酸喜樂盡在曲舞中
失敗也好，成功也罷
一世得失終命定
莫論發白與發黑
管他世道如何變幻莫測
多少滄桑悟忘卻
再舞上一曲晚歌當自樂
明天的舞臺誰知是否還有白髮的開朗者
能樂且樂，得歌而歌
舞曲自有散場時

人生不枉晚醉歌

舞者只須自樂
人老只好莫憂
人在舞臺
盡可隨樂而舞
人處年邁
只能聽天由命舞曲而終
今天的舞曲也許就是明天的挽歌
現時的舞步也許就是終結人生蹤跡的最後道白
公眾場所或許就是年邁人完善人生旅程的最後樂園
請多多理解和包容絕大多數好的公共場地多為老年人佔用
人生的最終謝幕對舞者而言只須舞曲相陪

2009年2月21日早上帝詩人陳進勇
在北流市荔枝公園看老人們跳舞而作

詩人的生活與詩作並非就是讀者所能否決

作者：陳進勇

詩本來就是美好的
不美的只是有些品詩人的心魂
詩也不是惡毒的
壞心眼的也往往只是那些作惡詩歌的無知人

請不要因為某些詩人的頹廢就肆意攻擊詩的好壞

也請不要因為某些作品是狗屎就把所有的詩作當作萬惡
你不喜歡的某些詩人或許並不代表所有的詩人
你所喜歡的某些詩人也許並非就代表其詩作就是上乘
詩歌的好醜
詩作的平庸與非凡也並不因為你個人的喜好而否決

其實，現實生活中
循規蹈矩的所謂「好」詩人往往是作不出好的詩作來
因為：詩歌的靈性感悟往往只是「歪」了心思的詩人才能擁有
像正常人的那樣心態絕對就不可能作出絕美的詩篇

當你要求詩人的心似你一樣的時候
你就是在要求詩人也像你一樣的平庸和笨拙
庸俗的心只會體會庸俗的事物
高雅的詩歌只須高品質的心魂體會
才華橫溢的詩作也須有點文才的人才能品味
眾庸需要讀的只是大眾化的庸俗東西

也許，這樣的說法會令某些人心感不服
要知道生活的殷實並非就代表其精神靈魂就愉快高尚
詩人的人品好醜也並非代表其詩作的好壞
其實，詩的本身只認可詩作本質的優劣
我們品詩也只要求品賞好的詩作
至於詩作的本人生活方式和為人處世
我們作為讀者的真的是無權指責和說教
因為：我們並不瞭解作者當時的創作感受
我們也並不知曉作者的生活環境
我們更加不一定就擁有當時作者的文筆才華
所以，我們無權要求作者像我們一樣的生活和思維
我們也更加無權否決詩人的所作所為、所思所想
我們只需品味詩歌本身的美好

我們也只需欣賞詩才的真實橫溢

至於上乘詩作是風流才子如何「壞」才能作出來的也就無須考究

當然偽詩人也就另當別論

2009年3月5日上帝詩人陳進勇作於北流家中

上帝詩人致某些作惡的城管們

作者：陳進勇

我怕你們

可是，儘管我真的是怕你們

但是，我卻不得不對你們說

我知道你們能

能到可以隨意欺壓只為三餐奔波勞碌的小商販

因為：他們是城市中弱小的貧窮群體

因為：他們是亂擺亂賣，不守規則的劣等「刁民」

因為：他們的所作所為是有障于「文明」城市的「不文明」行為

更因為：他們不聽從大爺的你的管教

哪怕是維持一家生計的小買賣也得看大爺的你的顏色

我也知道你們牛

牛到可以隨意搶拿、糟蹋小商販的東西

哪怕是可憐的憨厚老農民的瓜菜也不放過

因為：他們所擺賣的地方實在是有障美觀文雅

因為：他們不知天高地厚，不知誰是城市的大爺惡霸

因為：他們不懂世道，不知地域範圍歸誰管轄

更因為：他們是被欺壓了也無人為其申冤討公道的小人物

什麼的文明執法？為人民服務
他們小商、小販、農民佬的不懂
什麼的聽證會？開什麼的手續扣單
這簡直就是麻煩多餘不必要的事情
對待小商、小販只需穿上制服和野蠻

搶了又怎
拿了又怎
毀了又怎
光天化日之下又如何
敢反抗就打你並反誣你妨礙執法
有本事的就來告城管的大爺我
城市中根本就沒有小商販和農民佬的立錐地
社會階層的固化又有誰有能力去改變
城管的職責就是要消滅城市裡的販夫走卒文化
城管的威武就是要杜絕城市底層人的擺攤謀生
痛哭？流淚？誰可憐你
有冤要你無法申
這裡的公理不屬於你
有枉要你無法喊
這裡的話語權也都不屬於你
要知道：條例、規則不是由你定
城管大爺們拿著雞毛就可以當令箭
再說一句老實話
你們小商、小販如何生存不關城管大爺事

小商、小販們真是不懂世道規則
君子易待，劣根無善
貧弱可欺，強勢勿犯
城管的至理名言

心善就不作城管
人惡就無須人性
拳頭大就是王爺
霸道就是公理
城管的所作所為就是「執法」為民

我服！我服！我服！我真他媽的服你們某些城管大爺
只是我還想說
搶什麼你們都不能搶詩
因為：詩會責罵你們的內心靈魂
你們搶得走我的詩卻搶不走我的才
你們搶得走詩章文字卻搶不走我的文筆詩魂
你們毀壞得農民的瓜果卻毀壞不了詩美善良
你們拿得走商品財物卻拿不走我的靈感詩心

我知道
我在城市中不得不服你們城管的驅趕
但，我也知道
我的詩心會在詩中譴責你們的萬惡所為
除非你們的良知都讓天狗偷吃
搶拿糟蹋物品不是人間的真善美
欺壓弱小只會是世間罪惡的小丑人
貧窮並不羞恥
強勢並非好人
從善不會心虧
作惡只會魂醜
本上帝詩人再送你們某些城管忠告
為人只作修心積德和善事
處世莫有損人利己私利心
要一生行善，別狗仗人勢欺
　　　　　2009年3月11日上帝詩人陳進勇作贈某些城管大爺們

活著

作者：陳進勇

活著就是希望
活著就是幸福
活著就是命好
活著就是意味著有明天有未來
活著就是對自己的生命和家人的最好報答

不管活得是否艱辛苦楚
可活著總比死去的好千百倍
活著即使貧窮悲哀也並非是絕望無法生存
有命就有希望，有命就有未來
死去對於活著而言那才真的是一無所有
所以，活著比什麼都好
哪怕是活得再悲哀也總比死去的強

活著不單是對自己的生命尊重負責
活著也是對自己的家人和自己的使命負責
活著不只是你個人的事情
活著還關係到整個家庭是否安康健全
活著對於家庭而言
活著真的是珍貴幸福
對於在世的人來說
任何時候都千萬不要輕易放棄自己的生命
因為：你沒有權利這樣草率對待生命
隨便輕率放棄活著
這是對生命價值的踐踏
這也是對家人和自己的不負責任的愚蠢行為

無知的人沒有理由和藉口去扼殺上天賦予的生命
死亡絕對不是最好的選擇
在和平年代的歲月裡
死亡帶給親人的只有是漫長的心理哀傷和痛楚
能解脫痛苦的可能只有是自私的你自己

當我們失去自己的親人時
活著的就只能是親人過去的生活片段回影在我們腦中
活著對於將要離世的親人而言將是永生的缺失死別
活著對於生者來說
活著就顯得更加難能可貴，值得珍惜自愛

2009年3月18日早上帝詩人陳進勇作於北流家中

好老婆是需要調教出來的

作者：陳進勇

愛情雖然美好
婚姻卻是一條不平坦的崎嶇曲折山路
情人眼裡出西施
那也只因婚前忘卻或忽略其缺點造就
老婆即使色衰
卻也是因為相攜過活的日子刻畫著歲月的蹉跎造成

既然選擇她作老婆
就必須一生與共，相伴白頭
既然認可她作為人生旅途的最終伴侶
就必須同床共枕與天老，盡心走向心想的完美世界

好的心性固然有著天生所成的本質成分
好的老婆卻在於後天的夫教有方引導得當
如果作為老公的你想過得開心如意
那麼，調教引導老婆心隨所願的心靈培訓課程就必須上馬
女人的天然美好需要加煲婚後的夫教雞湯才算完美無缺

好的女人外表即使是天生造就賞心悅目
好的老婆卻是由後天有「歪」才的老公親自品味調教出來
男人想過得快活順心
男人就必須琢磨培訓老婆的以夫為重的愛夫心

首先是要讓老婆明白
愛老公就該多理解老公的意願志向
老公的喜歡高興就是讓老公過得開心幸福所在
這種對老公有利的歪理必須多次灌輸洗腦才會有效
老婆的心理輔導課程一定要摸透上足上好
老婆的心想所願一定要把握引導適當
只有這樣，我們作男人的才會心想事成
也只有這樣，我們作老公的甜蜜日子才會來臨
相信吧！天下想過好日子的有妻之夫們
好的老婆真的是經靈魂教導出來的
天下間本來就沒有一個是你最稱心如意的老婆
好的老婆往往是由老公一手調教出來

想過舒心的日子
想作幸福的老公
那就好好的調教好自己的老婆對你的好
世上從來沒有一個老婆是百般順從老公的
只有是付出心血教導的老婆才會是最懂愛夫心想
當然，我所說的好是指對老公的真心誠意好

這個「好」當然包括你所想入非非的好
待夫的「真諦」對老婆教導多了也就自然深入芳心成為真理名言
多次洗腦說教老婆對老公的好也就會讓其認可是理所當然
老公稱心如意的幸福日子就會天天過上
不信你們就試試

2009年3月28日晚上帝詩人陳進勇作於北流家中

上帝詩人致韓寒真言：作人要厚道

作者：陳進勇

我本想不出聲
可忍讓並非就等於軟弱可欺

我一次次上網
我就一次次的在網上看到你作惡攻擊整個詩壇
我忍讓你的心就一次次的被你無知的所為激怒不忍

儘管，誰都知道當今的詩壇是魚目混珠的雜亂詩壇
一些詩混正在和掛羊頭的偽詩人在惡搞詩界，亂屙垃圾字句
可無知的你實在不該把整個詩壇搞臭，炮轟所有的詩人
一棍子就打翻整船人的作法確實無知、淺薄

文人相輕理所不該
傷人痛楚的話本不想對你說
可你的無知還自以為是的行為確實是讓人不得不說

你所看到的劣等詩人並非就代表所有的詩人

你所觀賞到的脫衣免費觀光秀也並非就代表真正的詩者
至於你所嘗到的餡餅就更加不會是真正的全天下最好吃的餡餅
這些人不是真正的詩人
這些人惡搞的只是自己的無知和無恥
就算其掛有什麼的國家級所謂官方詩人
人們也絕對不會認可其作品就優秀和文筆就出眾
我在此大聲對你韓寒說
他們都不算是真正的詩人
他們只是在自己的「詩」中自慰自演的無才無知之人
人們認可的只是作品的好壞而不是虛假的頭銜
讀者喜愛的也只是詩作本身的詩才文筆而決非是貼金面具

同樣你韓寒也是如此
不論你的《三重門》也好，九重鎖也罷
書的熱銷並非就代表你韓寒就有才華文筆
這或許只能說明你的書商吹捧高明，行銷得法
有錢也只能說明你所從事的小說體裁很吃香
或是書商和粉絲們都對你特別關照擁護
可一個人的幸運也不該詛咒另外的詩人都不存在吧
吹捧、炒作、利用這是明眼人都能看出來的事情
你就真以為自己的作品賣得好就是有文筆才華
你也真的以為自己就是傑出人物？不可一世
別的貧困的現代詩人都該死
你韓寒寫小說賺大錢的就該活
這也太淺薄無知得可笑了吧
這一切只能說：你小子太幸運了
碰上了一個高明並有實力的書商吹捧得讓你名利雙收
要知道小說不論寫得多長多好
小說的歷史評價都不會高過詩歌
小說家的文學地位也往往的不如詩人
不信你就多讀些文學史

傑出的窮詩人的名望遠比富有的小說家高
如：唐代詩聖杜甫
人們也許能記住詩句和詩人的存在
可人們又有幾人能記住小說的所寫
不信，你可以看看詩仙李白
你也可以看看我們華夏的精神脊樑屈原

無知並非過錯
自以為是就顯得無知得讓人掩嘴恥笑
罵人並不一定有理
攻擊炮轟有時只能說明攻擊者所識甚少
別以為出了幾本書
發了點小財就飄飄然的自以為了不起
你和書商聯手能矇騙得無知的幼稚粉絲
但，你和書商卻蒙騙不了有學識的讀者
一副高高在上的自負心態最要不得
眾怒難犯連這你韓寒都不懂
你一人單挑整個詩壇，你有這個能耐嗎
一個有半點詩才的真正詩人也能把你韓寒駁斥得啞口無言
除非你是真正的蒙著眼睛說瞎話的傢伙

再說真偽詩人自有歷史評說
作品的好醜也自有讀者的良知去評判
犯不著你韓寒的又跳又叫的起鬨作惡
只有見識淺薄的人才會這樣的呱呱叫喊

對了，你韓寒寫的《現代詩和詩人怎麼還存在》
讓我這個笨拙的上帝詩人來回答你好嗎
現代詩之所以還存在
就是因為你們寫小說的寫得太虛假
你們寫小說的蒙著良心說夢話，亂寫作

蒙人錢財還耍人良知
胡說八道，虛構人物
顛倒是非，全憑己好
正因你們寫小說的如此憑空捏造是非，捉弄讀者的良知和智商
現實就會有著現代詩和詩心的真誠存在
現代詩人之所以還存在
也是因為人世間總不能讓寫小說的蒙人太多
人們需要的不只是小說的虛假，自夢自慰
人們更需要的是詩的真誠和詩心的存在
世界或許只有是你韓寒真的不存在了
世界也絕對會有著詩和詩人的真實存在
因為：真善美多數出自於詩而絕非虛假的小說

請你韓寒別再無事生非攻擊炮轟詩壇好不
偽詩人、詩混不值得你韓寒去攻擊
真正的詩人你韓寒又不該去炮轟
這些都是無聊的事情
你有時間就去開好你的賽車自樂或爭個好名次
還有就是好好的多讀點書和反思自己
別讓書商把你吹捧高舉昏了頭
在這世界上我們不懂的東西實在是太多
越讀越懂你就越會發現我們懂知的太少
別再和無聊的詩混們爭論
除非是為了炒作，否則對你的聲譽沒有好處

2009年4月10日上帝詩人陳進勇就事論事作於北流家中

與老婆阿英胡吹些詩夢話

作者：陳進勇

阿英
對於詩歌的歷史長河來說
詩人本身的個人得失又算得了些什麼
要知道詩歌的發展和貢獻
不是靠當今的文聯和作協
也不是靠只管賺錢的圖書出版商
不是靠徒有虛名的學院派學者、教授
也不是靠在詩壇上興風作浪的詩混、毛猴
當然真正的中國現代詩歌的發展
就更加不是靠坑蒙拐騙的文學騙子

說實在的，阿英
詩歌的發展和貢獻
靠的正是民間不知名的用心作詩的詩人
不管這樣用心作詩的民間詩人生活是否苦楚無望
可他們才是真正的當今詩者、詩人
只有他們才是用自己的靈魂作詩
或許，這樣的詩者、詩人地位太過低微
可他們的文學價值將會遠遠高於出版商包裝出來的所謂詩人
不管這樣的民間詩人出版商和學者是否喜歡認可
可詩歌、詩心的真實存在往往只會在這樣的民間無名詩者身上
一切用金錢、世俗包裝出來的詩人都不會是最高層次的詩人
沒有詩才文筆之人也只是欺世盜名的假偽無才之人
對於民間的真正詩人來說
現實實惠的社會沒有什麼的伯樂和知音
出版商就更是用錢蒙住眼睛的文字販子

請我們所有的民間詩者記住

我們唯一擁有的只有是我們的詩才文筆和孤獨的詩魂在夜空中長鳴吶喊

2009年4月18日上帝詩人陳進勇作於北流家中

放棄夢想，回歸現實

作者：陳進勇

我愛詩
可詩卻不一定就愛我
在當今的唯錢至上論中
詩歌可以不搞
飯卻不能不吃
詩情畫意的夢境可以不回夢享受
但，現實的生活
我們作男人的卻必須讓家人過得好點

相信吧
詩歌只會給予寫詩的人悲傷的路走
詩歌絕對不會讓出色的詩人生活得美滿幸福

或許，詩歌真的能讓某些詩人擁有愛情
但，詩歌決然不會讓詩人擁有美好的生活
愛情或許需要詩歌來點綴浪漫去贏得女人芳心
可婚姻的家庭卻需要實實在在的金錢來支撐過活

清醒吧！詩友們
所有和我一樣貧困的「無能」寫詩人

詩歌只會像酒鬼一樣把我們的心魂灌得爛醉
詩歌從來就不會讓寫詩的人有什麼的實質回報

如果你想過詩一樣的生活
那麼詩就真的讓你過狗一樣的窩囊生活
詩從來就沒有真正的愛過任何詩人、詩者
詩也向來都不管詩人、詩者的死活與得失
詩只需詩人真誠的詩心付出和無求有所物質性的回報

放棄詩吧！所有的詩友們
寫詩只會讓詩人一生備受貧窮和孤苦
寫詩只會讓詩人悲傷絕望，實為當今世俗不容
寫詩甚至也會招來別人的怨恨報復和無情的謾罵嘲笑
我們這個社會又何曾真的珍惜過一個有文筆才華的詩人
我們這個社會又怎能真的尊重與養活一個隻會寫詩的人
嗚呼！上天
我們這個時代不需詩來生活
我們這個時代也不需詩來陶冶我們的思想情操
我們這個時代只需惡搞來麻痹我們的心魂和墮落我們的人性
對於現實的世人來說
他們的心魂只屬於金錢物欲
他們的心魂只屬於權力美色
詩人和詩對他們而言不值一提
詩人們
現實冷漠得不能不讓我們詩者心寒
我們完全可以放棄我們原有的詩歌夢想
我們卻不能不回歸到我們現實的生活角色中

請記住！詩友們
我們哪怕是和自己的家人生活得清淡點

這也遠比什麼的不實際的詩歌生活過得安心，過得實在
我們現實的社會真的是無能為力養活一個一事無成的多餘詩人

2009年5月19日上帝詩人陳進勇作於北流家中

又聞「釣魚」抓「黑車」

作者：陳進勇

這幫龜兒子
釣的不是真正的黑車
抓的也不是真正的非法營運者
這幫披著人皮的黑心狼
釣的是金錢
抓的也是真正的受害者

為了錢
可以非法「執法」
為了錢
可以放水養魚，扶己排異
為了錢
可以內外勾結，狼狽為奸
為了錢
可以暗設陷阱，坑害、冤枉善良的好心車主
為了錢
這幫有娘生沒爹教的害群之馬正在徇私舞弊
為了錢
這幫狼心狗肺的王八蛋正在假公濟私
為了錢

這幫真正的車匪路霸可以千夫所指、萬眾所憎
哪怕是傷天害理的事也不惜為所欲為

為著這不義之財
這群狗娘養的正在踐踏著人的良知和道德
為著這見不得光的利益所在
這幫吊白眼的黑心狼正在指鹿為馬，陷害冤枉好心腸人

「釣魚」這見不得光的陰濕手法正在拷問著的是人的道德心門
「釣魚」踐踏的不止是公權力和人的良心底線
「釣魚」踐踏的還有國家的臉面和人性本該有的良知品德
「釣魚」抹黑的不止是法律的公正和威嚴
「釣魚」抹黑的還有人性的本善和純潔
如此惡劣的請君入甕「釣魚」徇私「執法」醜行
確實是令人歎為觀止，悲哀失望
為富不仁的不擇手段所為
的確是讓人氣憤，痛心無奈
如此這般「先進」、「高明」的「釣魚」法
實在是令人大開眼界，感歎真是無法無天

人啊人
為什麼有時候兩腳的畜生比四腳的還陰險毒辣
來自於人民手中的權力為什麼就能讓一些人為所欲為
而這一切的所作所為
作為部門頭頭的最是罪不可赦
這一切的非法勾當
不是其在背後暗中指使便是其在瀆職犯罪

天理何在
問人世間公心、公德、公權
難道天下就沒有公道的人心

難道這幫缺心眼的白眼狼就能讓我們不敢再作善事助人

急人之所急
助人之所助
人之常情也
請問：你們這幫畜生沒人性的兩腳惡狼
你們叫真正有難的求助者如何是好
毀滅人性的「釣魚」抓「黑車」行為不杜絕
叫天下間助人為樂的樂善好施優良品德又怎能發揚光大
你們是否真的要搞得整個社會都生活在人人自危、個個自保
如此這般的陰險毒辣「釣魚」抓「黑車」
你們就真的不怕天怒人怨？雷劈火燒
　　　　　　2009年10月16日上帝詩人陳進勇作贈壞心眼的「釣魚」者們

人老詩衰

作者：陳進勇

白髮催人老
人衰無藥醫
世間滄桑事
濁眼透心悲
無言話世道
到老空自悲
少壯雖努力
無奈老天不隨詩人願
空悲空歎
枉有一肚詩才無人賞

世間風雲
惟方孔兄獨領風騷！令人讚歎仰望
金錢世界
詩如屎土！人心當狗肺
好了日子！枉了人心！道不如前
空恨空憐
一腔詩意無處泄
孤芳自賞
只因眾庸懷才者甚少
與誰賞識論道比詩
空悲恨
只好收筆毀詩融世道
甘俗夫
人前人後只道三餐平庸生活事
人言可畏
槍打出頭鳥
庸人少煩惱

上帝詩人陳進勇於2009年11月13日作於北流家中

律師之心聲

作者：陳進勇

受人委託
收人錢財並非就一定要替人消災
公正的言詞只為公道、合理的事實說話
律師的辯護也並非是要為事主推脫法律應有的懲罰

問蒼天大地
律師的良知卻是因法律的公正與否而存在
律師的職責也只能在法律的框架下作出合法的公正辯護

當律師
並非是為了名利而奔波吶喊
當律師
雖然是因法律和事主而存在
但，當律師
卻必須只為公正、合法的事兒而言說辯護
為蒙冤者爭取到法律的公正判決
讓真正的司法公正得到真實有效的實行
讓執法者不再徇情枉法
讓案件不再受到錢財和權力的影響
讓真正的司法獨立得到進一步的實行和監督

請委託人注意
律師的言說和辯護只限在法律的許可之下
律師的維護也只能是事主的合法權益之內
任何幻想利用律師去推脫罪責
逃避法律應有的懲罰都是癡心妄想的事情
真心的警告所有的委託人
律師真正需要保障的是事主不受法律的冤屈枉判
律師的良心和職責也只能是為委託人維護合法的那部分權益
公正、公平、合法永遠都是從事法律事務者應有的品德和宗旨
任何冤案、假案都是身為法官和律師的恥辱和罪過
同樣也是身為員警和檢察官的恥辱和罪過
這樣的不公正裁判確實有辱法官和律師的光榮使命
同樣也有辱員警和檢察官的光榮使命
記住
法律賦予法官和律師身上的本意卻是要依法而判，依法而辯

任何顛倒是非，以黑漂白的所為實為世人和冤魂所憎惡之奸佞小人

當律師
不是為了證明律師在法庭上確有超人一等的口才與雄辯
當律師
也不能只是為了律師應得的合法報酬而為之罷了
當律師
是為著普天下的公正、公道、合法而從業參與
律師的良知和職責也永遠必須站在法律的天平中點之上

身為律師
只能為公正、合法的案件而戰
身為律師
必須做到律師的所有辯護言說都要問心無愧，確無庇護不法之私心
身為律師
于公、于理、於法也都必須天公地道，與事與法公正無私
身為律師
決然不能淪為強勢人的走狗、幫兇，為強惡代言欺壓百姓
身為律師
必須為人世間的正義、公正而奮鬥不悔
2009年12月14日上帝詩人陳進勇作於北流家中

還我當初美好的員警形象

作者：陳進勇

員警們
我想問問

為什麼
現實中的員警怎麼就與我當初讀書時心目中的員警不一樣
是我以前讀書讀傻了
還是現實中的員警根本就不是那麼回事

不怕員警們笑話
我讀書時認為
員警就是人間正義和勇敢的化身
員警就是我們人民群眾的貼身保護神
心中的員警
都是公正廉明、秉公執法
個個員警真是好樣的
都能恪盡職守、表裡如一
都能忠心耿耿、全心全意為人民服務

那時候的我堅信
員警一定會執法如山、實事求是
員警也一定會忠於法律，忠於人民
那時候的我認為
當員警多光榮！多神聖！多偉大
可是為什麼
員警們
現實為什麼這樣無情
把我心目中本來就美好無比的員警形象碾磨得粉碎
是我太天真無知
還是員警們負面的報導確實太多
員警們神奇的「躲貓貓」等案例
讓我想說員警的美好啞口無言

什麼時候
現實的社會

能還我一個公道
能還我初時美好的員警形象
現實中的員警們
你們能否真誠的回答我
是否要我等到現實中真的沒有冤案假案時才肯回說

2010年1月4日上帝詩人陳進勇有感作問現實中的員警們

記者的良知在拷問在呼喚

作者：陳進勇

作記者
不能恃才放曠
作記者
更加不能妙筆生花
作為記者的你們
只能實事求是地報導所見所聞
對事件真相
要絕對的尊重並公正的維護
所作的新聞報導
也必須是客觀的、真實的、可信的

記者這個職業
追求的並非是寫作上的完美
記者這個職業
追求的就是事件本身的原委和不能人為的歪曲遮掩

不要以為

你的文采
就能贏得讀者的喝彩
更不要以為
你的意志和見解
就能代表讀者的本意與心聲
其實，讀者的真實意願
就是想瞭解事件的真實情況

如果讀者想欣賞美妙的文采
讀者就沒有必要去選擇記者
他們就會選擇詩人或者作家來欣賞美作
讀者之所以要讀記者的文章
全是因為記者所撰寫的文章具有不可缺少的新聞因素
所以，記者們
請你們一定要牢記上帝詩人的忠告
不要自作聰明的玩耍你的文采
自以為是的本身
就是記者畫蛇添足的錯誤所在
作為記者的你們
必須牢牢把握住新聞價值的所在
實實在在的報導事實本身
盡可能的追蹤還原出事件本身的真實原貌

作為記者的你們
無須需要有所立場與傾向的表現
作為事件的觀察報導者
記者只須尊重事實並真實的記錄和報導
其他的問題
讀者自有分寸評說事件的是非正邪

記住！記者們

記者不是畫家
無須需要添筆加彩去修飾事件的本身
記者也不是某方利益的代言人
用不著為私利而去誤導讀者的觀點和立場
記者只是一個揭開事實真相的揭幕人
除此以外
記者的所作所為都是多餘的
任何文過飾非的所為
都是違背記者的本職所為
任何粉飾或歪曲事實本身的所為
都是不配作真正的記者的所為
任何因本位主義而去為別人歌功頌德的所為
都是作為正直的記者所恥笑的可恥行為

記住！記者們
真正的記者在任何時候都不畏強暴
真正的記者也是在任何時候都不去獻媚權貴
真正的記者只會尊重事實和讀者
真正的記者也只忠於讀者和自己的記者天職

當記者到了不能真實的報導事實本身的時候
作為記者就根本毫無存在的必要
此時所謂的「記者」也就只能淪為事實的歪曲編造者
這樣的「記者」也就只配當某些利益方的代言人
說得白點
此時的「記者」只是一條用文字去討好主人的文字走狗罷了
作人作到這種下賤無恥的地步
又有什麼臉面去面對自己的讀者和自己的文本良心

請記者們
別以為你的讀者就是笨蛋

過濾的新聞雖然可能對某些人有利
可過於粉飾的文章
卻讓讀者品出偽記者的醜陋嘴臉
為人吹捧的吹鼓手
還有什麼值得你的讀者去信任
在天地間
最不能矇騙的就是正直的文人良知

記住！記者們
記者的追求就是事實和真相
記者的所求正是人間的正義所在
記者的良知絕對不能矇騙自己的讀者
當記者的筆與正直的心不能相符、相容時
我們的記者就該放棄手中的筆而去求得良知的安在
要不，就用手中的筆奮鬥不息
用記者的天生良知揭開事件的真實面目
誰也不怕
致死不悔

2010年3月1日上帝詩人陳進勇為真正的記者們作于北流家中

最後的天堂所在

作者：陳進勇

香格里拉
請賜予我一塊淨土
讓我在那裡建立一個純粹的詩歌國度
在那個單純的詩歌王國裡

我可以盡情的作詩，自由的過活
在那個自我封閉的詩歌王國裡
我可以自我陶醉在詩的世界中漫遊
過上極其美好的詩歌生活

在詩的世界裡
沒有喧鬧
沒有干擾
沒有憂傷
也沒有怨恨
沒有利來
也沒有利往
有的只有是詩和人的對話和溝通
有的只有是人和動植物的和睦相處
像童話般自在地生活

在那潔淨的詩歌土地上
我可以每天都寫詩、放牧、過活
在那純潔的高原地帶
我可以每天都過著半耕半讀的神仙生活
沒有生存的壓力
沒有物質的欲望
也沒有對錢財的興趣
有的只有是對詩生活的嚮往和沉醉

請香格里拉的人民
賜予我一塊潔淨的詩歌樂土
讓我這個久過市井生活的庸俗詩人能擁有一個安樂的小詩窩
請相信
我所要求的樂土並不太大
只要能容納得下我這顆不太安分的詩心就行

我所要求的詩窩也並不寬廣
只要能裝下我這詩的天地也就可以

請香格里拉一定要接納我
接納一個為詩歌而心靈流浪的落難之人
接納一個無處可歸的詩歌夢幻者
接納一個為詩生也為詩活的詩歌發狂人
我只希望我的天地裡
只有詩，沒有錢
我也只希望我的心魂中
只有夢，沒有現實
讓一切的欲望都化成詩的樂章
讓一切的悲哀都成為歡樂的詩曲

在詩人的眼裡
有時候
錢是世間上最惡毒的指使者
它指使的不僅僅是讓我們奔波勞碌
它指使的有時還讓我們的靈魂作惡坑人
幹一些我們良心上所不想幹的事兒

說真的
在詩人的眼裡
有些人和事還不如動物可愛可親
有些人和事還不如天地寬廣能容
有些人和事確實還不如詩歌高潔純美

請香格里拉好好的珍惜原有的生態環境
珍惜原有的自然生態就是珍惜上天賜予我們仙境般的香格里拉
不要過度開發、旅遊
外界給予香格里拉錢財的同時

外界也會給予香格里拉帶來原生態的破壞
外界真的也會給予香格里拉帶來心靈聖潔上的創傷
過於精明的遊客
只會帶壞當地原本就潔淨的高原心魂
過於錢財化的外來遊客
只會讓香格里拉的單純民眾變得庸俗和勢利

請香格里拉的人民
考慮一個詩者的迫切願望
給予他一塊人間的樂土吧
在詩人的眼裡
那裡是人間的最後天堂所在
在詩人的心目中
那裡是詩的仙境世界
看——香格里拉
天是那麼的潔美
雪是那麼的純白
人是那麼的單純
心是那麼的純潔
詩是那麼的醉人

2010年3月15日上帝詩人陳進勇作於北流家中

某些廣告人

作者：陳進勇

世間上的無恥莫過於某些不要良心的廣告人
張口介紹產品的時候

為什麼就不能實事求是的介說
引誘矇騙消費者
也不該如此厚顏無恥
總不能把不好或不等值的商品
也吹噓得天花亂墜般超值
作人嘛
總要講點誠實和良心吧
己所不欲的商品就請勿施於人的亂推介
演雙簧戲也不該如此虛偽的蒙人忽悠
在你不要臉面推出不等值的商品時
你私利的黑心上只寫著虛偽和銅臭
真希望所有的廣告代言人
能真誠的對待自己的心魂和消費者
不要為著幾個銅板就連良知都出賣掉
作人即使是窮也要窮得有所良知和骨氣
廣告的人生確實不是這樣虛偽的抒寫
在你忽悠消費者的同時
你何嘗不是在忽悠著你自己作人的良知
為產品介紹和為產品吹噓那是兩碼事
當人的心不公直時
野狗也會活得比虛假的廣告代言人強

　　　　　　　2010年3月24日早上上帝詩人陳進勇作於北流家中

請遠離不安全的小煤窯

作者：陳進勇

兄弟
請不要為別人打洞了
在你為別人打洞的同時
或許，你真的就是在為自己自挖墳墓
或許，你真的就是在為你的家庭在搞家庭缺失
你製造的不只是自己悲慘的命運
你為家人帶來的還有無窮無盡的悲傷和絕望

閉上眼睛
或許，你不會知道
心痛你的只會是你的家人
別人表露出來的傷感只是短暫的對你失去生命的可憐和同情
說不定
你們的煤老闆流下的也只是幾滴表演性的鱷魚淚
因為
煤老闆們更想著的就是造就他們的財富夢想
所以
哪怕是以你們的白骨作為代價也是在所不惜

每一次事故
每一次痛心的
都不會是煤礦的既得利益集團
每一次悲傷
每一次血肉分離的
只會是下井挖煤的煤礦兄弟
哪一次事故

哪一次痛定思痛的
又是煤礦的利益之鏈

兄弟們
真的不能在不安全的小煤窯打洞挖掘了
自己的生命自己才會真心的珍惜
自己的家庭自己的親人才會真正的在乎
在當今盛行的拜金主義之下
別人決然只會痛惜他們的錢袋子

兄弟們
如果在不安全的小礦井下做工
如果在安全措施無法保障的小煤窯下生產
那賭的只會是煤老闆們的暴富暴貴
那賭的只會是自己的生命和家庭缺失

兄弟們
生活即使艱辛
可也不能只為別人的財富挖掘打拼
為自己自挖墳墓
生活即使無奈
卻也不能只為別人流血流汗
為自己所得無幾
不信
兄弟們就睜大眼睛看
哪個煤老闆的財富傳奇故事不都是建立在煤礦工人的白骨之上
哪個煤礦利益集團的幸福生活不都是建立在吃喝井下工人的血汗之中
在為富不仁的煤老闆眼裡
哪一個挖煤的兄弟不都是一隻會創造財富的打洞鼠

別傻了

兄弟們
人不怕誠實任勞
人就怕人傻腦筋轉不過彎來
不要再拿著自己的生命而去為小煤礦的老闆們創造財富了
在你們冒險之下
在你們流汗、流血之下
幸福的只會是別人的家庭
為了你們的生命和家庭完整
請兄弟們一定要遠離不安全的小煤窯
為了自己的家人不再悲傷流淚
請兄弟們一定只在有安全保障的煤礦井下工作

2010年4月5日上帝詩人陳進勇為煤礦兄弟而作

此人非人，此洋非洋

作者：陳進勇

遙看當年
烽火歲月
國破河山碎
多少健男傑女
拋頭顱，灑鮮血
保家衛國上戰場
殺鬼子，屠日寇
多少正義之槍射侵略
多少正義之彈炸惡魔
侵我神州大地者非死即離
犯我中華民族之人休能安休

回夢昔日
愛國僑胞志士
陳氏家族嘉庚
隻身出國闖南洋
賺下萬貫家財
盡數捐國抗日
而今多少貪官、權貴、奸商、戲子
盡刮國財民膏
移財國外稱洋
香蕉人生
不堪入目
真是此人非人
此洋非洋
此華僑真華僑
真正愛國志士者也
此斯假，那斯洋
全是刮財棄國忘恩負義奸假洋

一切假洋鬼子
有本事就不賺刮國內民財民膏
真本領就裸身出國只賺外洋人錢財
我等國人不眼紅羨慕
要是沒本事賺外洋人錢
就請爾等假洋鬼子吊死國外不回來
免得厚顏無恥返國賺國人錢財
此乃骨氣者也

有志崇洋棄國
有心想作假洋鬼子者
就須識羞不食國人供養

亦無須再返國內賺取國人錢財
中華民眾的錢財只養華夏子孫的愛國者
絕對不是供養爾等壞了心眼的假洋鬼子
2010年上帝詩人陳進勇代全國百姓作于北流家中

錢的本質世人永遠都不懂

作者：陳進勇

看穿了錢
你的心靈就會純潔
睇透了幣
你的靈魂就會高貴

許多人看不穿錢
許多人睇不透幣
許多人也就變成世俗之人

個別人看穿了錢
個別人睇透了幣
個別人也就成為古裡古怪的怪異人

當你的眼中沒有錢
當你的心裡沒有幣
你的心靈也就沒有銅臭
你的靈魂也就會在人間中昇華
你高貴的品質也就活在你個人的精神世界中
2010年5月17晚上帝詩人陳進勇作於北流家中

駕車者之歌

作者：陳進勇

車友們
不論你所駕駛的是何種車輛
也不論你的座駕是名貴還是低廉
請你在駕駛車輛的時候
一定要慈悲為懷，生命為貴
因為：生命對你和對別人都只有一次
你的車前是別人的親人
同樣的
別人的車前也許就有著你的親人存在

不造孽，勤積德
請珍惜自己和別人的生命
也請珍惜所有的路上生靈
善良至上，忍讓為先
小心謹慎，安全第一
忍一忍，讓一讓
不生氣，不鬥氣
遵守交通法規
這或許就是為自己或是為別人留下幸福的機會

請記住
你的謹慎，你的讓行
這真的是在成全你的家庭(或者別人的家庭)的完整和幸福
這也真的是在你的積德，你的行善
別人的惡劣行為或缺德的駕駛，那是別人的修養所限
你的寬容，你的忍讓，那是你高尚的駕車情操所具

請記住
生命中我們只有短暫的一生與親人相伴
在你開車出門的時候
你的家人正在期待著你平安的去也平安的回
一家人團團圓圓的愉快生活是最高的家庭幸福
真的不希望你開車的時候有所意外

請你小心謹慎地掌握好方向和車速
該慢的時候一定要慢
該停的時候一定要停
你所掌控著的不只是你的車輛和生命
你在路上駕車的時候還關係到別人的安全和幸福

請你一定要牢記
生命之花決然不能在我們所駕駛的車輛下受傷或摧毀
否則，你就真的成了摧殘生命的有罪之人
你以後的靈魂或許會在不安中贖罪
你將來的輪迴也說不定會在罪惡中度過
請所有的駕車人牢記
真正負責任的善良人駕車應像綿羊般溫馴
而不是像狼虎般兇猛

2010年8月9日上帝詩人陳進勇停車作於路上

我詩佛言

作者：陳進勇

我佛慈悲
我佛大度
我佛請拯救世間上的窮苦人

我在我的內心上
一遍又一遍地念誦著佛經
我在我的佛心中
一遍又一遍地歌頌著佛德
南無阿彌陀佛永存我心
神的使者我念念不忘
我在我的佛心上插上著一炷炷敬佛的佛香
為的不是心裝假善假敬佛神
為的只是把大眾的苦難向我佛言明講清

請萬能的佛祖關懷您的佛民
讓一切的苦難和悲哀不再降臨人間
讓一切的罪惡和貪婪早日收無

我佛慈悲
讓一無所有的佛民有所希望
讓天下間的窮苦人都老有所養、病有所醫
讓真正的窮困民眾有飯吃、有衣穿
讓世間窮人的孩子都有書讀，並學有所成
工作有所出息，待遇公平、遇事公正、平等

我佛仁義

讓天下間的無房之人有所居所
讓太過物質化的男女有所改變
讓他們不要太過欲求無度
鼓勵與人為善
提倡勞動最光榮
不勞動者就不該享受到勞動者的勞動成果

我佛快來
我在日夜呼喚著您降臨
我在時刻都渴望著您展現金身
請賜予佛音
請降予佛言
請贈予吉祥
請送來祝福
請帶給真經
請與之如意

我慈善的佛祖
我樂善好施的慈佛
我在佛心上永頌佛歌、佛經
我在閉目中還期盼著佛的光臨出現
請您普渡您的善男信女
請您讓眾生永脫苦輪
請您讓生靈永遠吉祥如意
請您讓民眾幸福生活在慈善的人世間

南無阿彌陀佛
生活無助
我心向佛
佛光普照
佛心如電

佛詩真誠
詩佛合一
何時安康幸福
何時吉祥如意
何時眾生平等
我佛快言快說
是否眾生必須人生苦渡
自始至終只有佛心寄託，佛香熏心
而現實中卻又那麼的無助、無依、無望

2010年11月18日上帝詩人陳進勇作

請還我們一個清淨的生活環境

作者：陳進勇

我的心在流血
我悲憤的血氣在噴湧在奔騰
每一次看到被過多污染的河流、土地、大氣
我的心就會悲傷和憤怒
我的內心也就會一次又一次的感歎自己是多麼的渺小、無能、無助
我的良知也會一次又一次的受到刺激和觸動
環境遭到如此的嚴重污染是否在背後有著什麼見不得人的利益所在
是否他們（管理者與被管理者）在狼狽為奸
人啊人
當管理者與被管理者成為利益之鏈時
受災、受難、受污染的就不只是當地的環境
受災、受難、受污染的還有生活在下游的老百姓

我要呼！我要喊
我要說！我要道
這是什麼樣的世道
人的良心就真的都讓天狗偷吃了嗎
還是有些人或許根本就沒有良心存在
當污染、放毒、排毒者只在乎他們自己的私利的時候
當利慾薰心的經濟發展以犧牲大眾的生活環境作為代價的時候
當黑心腸的工廠主和某些不良的官吏在狼狽為奸的時候
當既得利益集團以我們的健康為代價來造就他們的金山銀海的時候
我們就要呼！我們就要喊
這是什麼樣的狗屁經濟發展
這其實就是以犧牲公眾的健康利益來獲取某些人的暴富暴貴行為

我不禁悲從心起
人啊人
人心就真的都往錢眼裡去了嗎
人本該有的良心就這樣讓無敵的錢大爺歪曲掉了嗎
這麼「發達」的經濟理念是喜還是憂
唯錢是論者是否有時候根本就是歪曲人的良心的罪魁禍首

評心而論
我們需要錢財
我們更加需要生活在潔淨的環境中
我們需要經濟發展
我們更加需要依賴清潔的水和無害的空氣生存
我們不需要污染——以斷子絕孫的方式來發展經濟
我們更加不需要只存活人類自己的方式來發展經濟
我們需要清潔的能源和能持續發展的經濟模式
我們需要與其他動植物共存的多樣性方式來發展我們人類經濟
一切人為的滅絕其他物種的方式來發展經濟都是人類自身的罪過
也是最終有一天會禍害人類自身的無知蠢笨行為

當我們的生活資源受到過多的污染時
當我們生活周圍的動植物受到過多的毀滅時
我們就再也不能聽任毒工廠主們的為所欲為
我們更加的不能任由環保部門裝聾作啞在毫無作為
我們要大聲的說！我們要大聲的喊
生活環境資源是大眾的資源
是公眾的公共資源
生活環境資源不是毒工廠主們的資源
當然也不是環保官員個人的私人資源
當我們的生活環境受到過多的污染時
不是管理部門腐敗無能就是官吏在徇情枉法

既然你們不管民眾的生死而去污染賺這沒良心的黑心錢
我們就有正當的理由讓一切毒害公眾健康的毒工廠停止污染
我們也同樣的有公正的理由讓不管事，沒作為的環保官員下課
為了我們以後潔淨的生活環境
也為了我們的子孫後代還能生活在這個潔淨的世界中
我們每一個人都必須關心我們自己的生活環境
請大家一定要團結起來
共同反對所有污染我們的毒工廠
封毀一切毒害我們身體健康的黑心生產
當稻花花香和蛙聲一片不能重現時
我們就必須高聲吶喊以震醒某些麻木不仁的心魂
我們更加需要用我們的實際行動來捍衛我們公眾的身體健康

請大家和上帝詩人一起疾呼
我們不只是需要經濟的發展
我們更加需要潔淨的環境來賴以生存
我們需要的是真真正正和周圍的事物和睦相處
我們寧願經濟指標不太高

我們也不能任由黑心的工廠主們去污染毒害我們的身體與眾生靈
大眾的健康利益永遠都高於少部分人富起來的發財夢
百姓的民心也永遠的勝過經濟「精英」們的狗屁理論

2010年12月10日上帝詩人陳進勇

上網看到觸目驚心的環境污染有感而作

一個詩者的詩歌人生感悟

作者：陳進勇

我很慶幸
我的血液裡流淌著詩歌
我也很慶幸
我的一生都在過著有詩的生活
我真的很慶幸
我的每一年都有著詩的伴隨

或許，我在其他方面不是強者
可是，人世間還有什麼能比與詩生活更美
對於一個詩者來說
詩就是我們詩人的生命
詩就是我們詩人的血肉
詩歌的使命比什麼都重要
詩歌的生活就是詩者的人間天堂
儘管，真正的詩人大多數都一生貧困潦倒
可詩歌的美好天地卻須由具有詩才的詩者才能給予描繪
對於五彩繽紛的世界來說
這個世間不止是只有物欲化的俗人

這個世間還需要有些癡詩的詩者來裝飾人間的詩魂所在

對於一個詩者來說
財富的創造或許不是詩者的本職所能
這個世間自有眾多的財物追逐者苦心而為
而詩人的職責卻是為詩的世界創造出更多更美的詩篇
讓詩那般的純美展現於物欲橫流的世間
讓人的心靈得到更高層次的昇華
讓人的詩性獲得最高境界的薰陶

笑看人間
人可以窮困
但，人不可以沒有自己的夢想和奮鬥
人也可以生活潦倒
但，人的人格卻必須高尚、高貴
衣冠楚楚可以包裝出一個包藏禍心的禽獸
心地善良之人卻無須華麗的衣裳來打扮修飾
錢財可以裝飾人格低劣的惡者
可詩才文筆卻只有真正的詩者才能擁有
上天可以給予一個詩者物質貧弱
但，上天會給予一個真誠的詩者一生詩意、詩情

我正因為有了詩的陪伴
所以，我今生無悔
我也正因為有了詩的伴隨
所以，我至今還自認為我有時候我問心無愧
儘管作為普通的人性來說
我小惡曾有
可與詩相伴
我大惡卻無
我平庸的相貌卻埋藏著一顆真實的高貴詩心

風流韻事不是詩者的過錯
見異思遷卻是詩者的本性缺陷
這些都無妨於一個詩者的詩才與詩作
古人雲
金無足赤，人無完人
對於詩者而言
我們又何必斤斤計較詩者的風流小節趣事
這不過只是增添些詩人的風流詩篇罷了

一個「好」的詩人或許一生都窩囊毫無作為
一個「壞」的詩者或許一生都收穫情感，收穫幸福
就拿我這個「壞蛋」來說
我的初戀、我的情人、我的老婆
有哪一個不是我用詩情畫意來「坑蒙拐騙」得來
當詩者不能用自己的詩作來贏得芳心時
這個「詩者」根本就是一個情詩的失敗者
這也是作為詩人的詩才的最大譏諷
對於一個真正精明的天生詩者來說
只要你擁有詩才文筆
你就會擁有你所想要的一切夢想
要不，就只能說明你詩才欠缺，沒能哄得美人心
只要你不太貪心
詩人在精神和靈魂上都會比常人豐富和幸福
一個詩者可以不擁有太多的錢財
可一個詩者卻必須擁有自己的詩才和詩夢
如果你是一個什麼都失敗的人
那你就根本不配作一個真正的詩者
你只能配作一個亂寫亂畫之人
這個世間也就活該你一生孤苦貧困

記住

詩者可以過庸俗的生活

可詩者的內心靈魂卻必須過著有詩的生活

我們可以像行者般奔波在希望之路上

我們卻必須在我們的靈魂上擁有著一個真正的詩歌王國

或許，別人並不理解詩者的所想所為

可人世間又何須多少理解與體會

知音寥寥

只有同行詩者共鳴高呼

我等詩者今生真的只缺一個紅顏知已罷了

2011年元月3日上帝詩人陳進勇作於北流家中

茅臺贊

作者：陳進勇

鎮小名聲大

位偏遠揚名

一滴茅臺霸天下

達官貴人將軍酒

白酒鼻祖

譽滿全球

茅香千里

只此一家

論酒文化與歷史淵源使命

唯獨國酒茅臺獨領風騷俯視天下

白酒極品

誰主沉浮
不品茅臺枉自高
古今中外
大麴醬香白酒盛名長久
唯恐茅臺稱尊至上
無愧酒尊茅臺

英雄何伴
問許上將軍平生喜好
在生茅臺
逝後亦是只須茅臺敬

2011年元月25日上帝詩人陳進勇作於北流家中

為偉大的中巴友誼歡呼萬歲

作者：陳進勇

我為巴基斯坦擁有中國這樣的全天候朋友而感到高興
我也為中國擁有巴基斯坦這樣的鐵哥們而倍感自豪

歷史證明
選擇中國作為巴國的朋友是最明智的選擇
歷史也同樣證明
中國是巴國最值得信賴的可靠朋友
在這個世界上
也只有中國才會是巴國的天生盟友
同樣地，也只有巴國才會是中國最堅定的天生兄弟

作朋友
就必須相互尊重
作兄弟
就必須血肉與共
當朋友
就必須相互對好
當兄弟
就必須生死與共
人世間
真正的朋友和兄弟是最值得珍惜和愛護的
當巴國是中國的朋友加兄弟時
我們中巴兩國就是親兄弟的國家
我們中巴兩國的人民就是自己的親人
任何破壞我們關係之人都是我們的共同敵人
任何損害我們關係之人都是罪不可恕之人
堅決反對任何人做出有損中巴兩國友好之事

請巴國的人民相信
我們中巴兩國的友誼比天高
我們中巴兩國的交情比海深
巴國的背後永遠都站立著中國這位可靠的朋友
歷史與事實證明
中國是最能夠與巴國血肉與共的兄弟國家
請中巴兩國的人民相信
中巴友誼天長地久
中巴關係萬古長青
中巴兩國將會是友好的鄰邦典範
中巴兩國也會是歷史上最堅定、最可靠的朋友
請中巴兩國的人民堅信
中巴旗幟永遠飄揚
中巴兄弟鐵血丹心

中巴兩國永屹不倒

請相信
和中國友好相處
您就會分享到中國的繁榮和昌盛
與中國做朋友
您就會感受到中國的友好與真誠
和中國攜手相牽
大家就會同樂共贏
願上天保佑
我們中巴兩國永遠都是好朋友！好兄弟！好鄰居
也願上天保佑
我們中巴兩國世代友好！忠厚相待！情深似海
讓我們中巴兩國攜手並肩！共同前進！共創輝煌
也真誠祝願：我們中巴兩國的人民幸福綿長！安康長壽
　　　2011年5月13日上帝詩人陳進勇為中巴兩國的友誼作於北流家中

人與詩

　　作者：陳進勇

庸俗的頭顱只須裝下庸俗的東西
高品質的詩歌就必須用高品質的腦袋品味
無知者無須藝術薰陶
人愚就沒有必要賞詩
貪婪就只需物欲
平庸何須精華
人俗只求富貴

詩心無須庸魂

須知也
上天會讓物質性的人今生只為物質存活
上天也會讓具有詩心的人擁有著詩的天地
記住
人生各異
何求殊途同歸
浮生眾相
內心陰暗者靈魂永遠黑暗
無恥之人永遠不懂廉恥
虛偽之人一生奸佞
詩性善良之人靈魂永遠透亮
問詩無愧
問心本善
問人原詩

2011年6月16日上帝詩人陳進勇作於北流家中

焦裕祿──人民在呼喚著您歸來

作者：陳進勇

裕祿
您走了，你走了
您真的走了，真的走了

人民在呼喚著您
人民在呼喚著您歸來

回來吧
裕祿同志
回來吧
焦書記
您不能走
您不能走
您真的不能走
人民需要您
人民需要您這樣的好書記

回來吧
焦書記
您的肝癌人民願意為您治療
您的病痛人民願意為您分擔

您回來吧
我們的好書記
人民的好兒子
您不能走
您不能走
您不能只留下您的人民
您也不能拋下您的人民不管

回來吧
回來吧
您的人民在希望著您回來
您的群眾在渴望著您回歸
回來吧
回來吧
人民的好兒子
您就回來吧

回來吧
我們不能沒有您
我們的人民真的不能沒有您──焦書記
您怎麼就這麼「忍心」的離開您的人民
您怎麼就這麼「狠心」的丟下您的群眾
您不要走
您不要走
您真的不要走
焦書記
您的病痛人民願意替您承受
您的痛楚人民願意代您分憂

回來吧
回來吧
焦書記
焦書記
您就回來吧
您的人民時刻都在懷念著您
您的人民時時都在熱盼著您回歸
您的人民願意與您同在
您的人民樂意和您同行

回來吧
回來吧
焦書記
幹部的好壞人民自知
公僕的真假人民自懂
回來吧
回來吧
一萬個焦裕祿人民不嫌多

一千個焦書記人民還在嫌少
真正為人民利益的同志人民歡迎
假仁假義的虛偽幹部人民討厭

回來吧
回來吧
焦書記
人民在掛念著您
人民在想念著您回來
真心的為人民利益之人人民清楚
虛偽的不為人民服務之人人民明白
誰是好幹部
誰是好同志
人民都懂得
人民都明白
誰在真心的為人民
誰在虛偽的糊弄百姓
人民都清楚
人民都曉得
人民也會真心的愛戴和永遠的擁護好的官員
中國歷來都不缺陽奉陰違的私利官吏
中國最缺的就是與民同甘共苦的官員
中國最缺的就是焦裕祿式的好幹部
最缺的就是千千萬萬個真實的焦裕祿式同志
　　　　2011年6月20日上帝詩人陳進勇看電影《焦裕祿》有感而作

崇尚知識，崇尚文化

作者：陳進勇

不以官為喜
不以財為優
世間萬物皆浮雲
唯獨知懂最難求

赤裸裸的來
赤條條的去
何見無功官員財主死後令智者敬慕仰望

史書為實
歷史為鑒
古今中外
人心不古
拜官拜金乃是勢利小人
人類自身
大智大儒更是改善人類自身有功人

2011年6月27日上帝詩人陳進勇作於北流家中

到底是誰欠缺著誰的賬

作者：陳進勇

自從有了詩
有了詩人的存在
就不知道
到底是詩人在欠缺著社會
還是社會在欠缺著詩人

或許，會有人說
詩人可以不作詩
社會也可以不缺詩人的存在與否
其實，許多人卻不懂
詩人的當代社會一直都在拖欠著詩人的所酬
社會也一直都在扮演著一個拖欠著詩人賬款的無賴角色
不信，就請看看以前的詩人
哪怕是詩仙李白、詩聖杜甫
都不可能憑藉著他們的文筆詩才存活
也不可能以他們的詩作向後人和社會索要回報
人們一直都在無償的欣賞著前人的詩作
而歷代的社會也一直都在拖欠著詩人應得的回報
不信，自問
我們是否一直都在無償的欣賞著前人的詩作
而我們卻從來沒有回報過詩人的所酬所得
其實，詩人的當代社會應該及早的回報詩人
以免不公平的事一直都在延續

2011年7月2日上帝詩人陳進勇
讀杜甫詩為詩人的不平而作於北流家中床上

詩物背道而馳

作者：陳進勇

感古惜今
多少詩人為詩孤貧而樂此不疲
歎現時經濟時代
多少財富埋沒有才詩人

論物質技能
感性詩者豈能不敗
論精神世界
只有天知曉
別有洞天詩樂
惟有同道詩者感悟歡慶
感詩易
感物欲心難

2011年7月19日上帝詩人陳進勇作於北流家中

要作心地善良之人

作者：陳進勇

請不要把無恥當作無知
睜著眼睛就不能說瞎話
長著人樣就必須有人心

有時候
人可以裝瘋
人也可以賣傻
但，人不能毫無良知的說謊言

有時候
人可以臉皮厚
人也可以裝逼
但，人不能不知廉恥
既然某些人要當婊子
那就沒有必要為自己立什麼的貞牌

記住
矇騙和忽悠
只能說明自己無能和毫無廉恥
人們之所以不說不言
並不等同於就認可或認同其觀點與其所為
有時候
公道、公正、公平往往只會存在於沉默的心中

人間有時候可以演繹出強惡，沒有天理
人心卻自有公道與正義的存在
無良知之人可以蠻惡和不講理
心地善良的知書達理之人自會和善和講仁義

請大家記住
我們一定要作心地善良之人
我們絕對不要作無恥之虛偽惡人

　　　　　　2011年7月22日上帝詩人陳進勇作於北流家中

富豪生存術

作者：陳進勇

錢多不是福
夠用便為好
多少富豪翁
葬身死錢眼
事業隨自然
做事須自量
行業別強頭
成功懂自退
平安身後事
與己逍遙路
別擋他人程
圖個安樂翁
勿為金錢奴
位高險更大
自隱乃智人

2011年7月23日上帝詩人陳進勇作於北流家中

詩心何在

作者：陳進勇

志比天高
詩如地厚

只可惜當今為詩者
均是眼高手低之輩

我生碌碌
只懂弄詩賦詞
方塊人生
漢詩天下
筆挑星星月亮
詩情萬丈如太陽
內心熾熱
宇宙冰霜
當今世界
認錢不認人
縱有萬丈詩才
也奈何不了三餐一宿
無計可施
感賦一首
問世情何以薄如紙
問詩心因何一文不值
感慨人生
人俗詩賤
只有孤心獨筆了此殘生

　　　　2011年7月30日上帝詩人陳進勇作於北流家中床上

惡魂難度

作者：陳進勇

人窮氣節在
衣破壯骨露
媚外漢奸心
魑魅屎尿潑
冷笑倭魂招
魂惡不超度
異國難輪迴
侵略還魂禁
鞭屍地獄煉
侵華佛祖棄
地獄閻王收
遊魂鬼卒事
何勞凡人心

2011年8月6日上帝詩人陳進勇作

以崇日為恥，以華夏為榮

作者：陳進勇

有男厚顏
唯日資、倭寇之馬首是瞻
有女無恥
以委身強盜、侵略者之後人為榮

多少為錢負心男女
全是缺乏人味之錢串子
堂堂中華，泱泱大國
竟有如此怪異之人和事
實是上愧國家，下負民族
枉有中華民族之血脈
卻是不忠、不孝、不義之負國負族子孫
唉
丟宗忘祖
認賊為父
豈不為國家、民族之罪人乎
凡我大中華民族之人
均可責之以鼻
凡我大中華民族之人
皆須上不負天地祖宗，下不負國家民族
生須當有民族氣節之中華人
死亦為有良心正義之華夏鬼

2011年8月11日上帝詩人陳進勇作於北流家中

文憑販子之大學

作者：陳進勇

做智者
就必須具有獨立的人格和思維
做笨蛋
就只需人云亦云不有所思所想

大凡世界之一流學府
出的往往有大師級的人物
所崇尚的也是學識和才智

大凡商業性之大學
往往出產的多是商業性之物品
此等大學
與其說是「大學」不如說是商業性之公司為妥
因為：此等大學是以營利為目的
因為：此等大學是以學生作為行銷品
因為：此等大學是唯利是圖的經營者
所以，此等大學出產的往往只會是拜官拜金之徒
哪裡還有什麼學識型大師的影子
說得不客氣點
此乃文憑販子耳

2011年9月2日上帝詩人陳進勇作於北流家中

詩夢海棠

作者：陳進勇

多少次回夢海棠
多少次淚流臉面
次次傷心
次次落淚
無奈詩人多想、多夢
全因休息不好，憂心忡忡

每每重讀放翁《示兒》
每每淚落悲傷
但悲不見九州同
海棠秋葉成公雞
王師北定中原日
還我中華海棠來

家米無多可數
錢幣幾文無憂
詩夢未醒
棠花依舊嬌豔動人
無奈漢武大帝已去
雄才大略、文治武功可惜
唐太宗李世民何在
元太祖成吉思汗何方
這都是歷史人物舊事
惟「秋海棠葉」時常讓人掛心懷念
詩人窮困無為
棠花依舊嬌豔
詠棠之筆尚在
棠葉之心永存
何人圓我海棠詩夢
以免死後羞避古人
何師北定中原日
國祭無忘告放翁
海棠秋葉須重回
一寸河山一寸血
自古邊疆勇骨護

2011年9月17日上帝詩人陳進勇作於北流家中廳堂

螞蟻人生

作者：陳進勇

像螞蟻般過活
像螞蟻般低微
儘管努力和忙碌
可生活的處境註定一生從未能改變其微小的格局
螞蟻的人生無論怎麼努力拼搏
螞蟻終其一生都不可能逃脫艱辛的勞作命運
是螞蟻就須認命
抗爭和吶喊只有自己的內心聽聞
幸運的螞蟻又有幾何
直面不平的螞蟻人生
放開苦難的自我情結
螞蟻的生活雖然艱辛和低微
可低微的螞蟻人生或許能一生都問心無愧
所獲所得都是靠自己的努力付出換取
這與寄生或剝削的人生相比
低微的螞蟻人生真的是顯得高尚、偉大
顯得純潔、顯得心安

　　　　　　2011年9月30日早上帝詩人陳進勇作於北流家中床上

詩人奮鬥如屁言

作者：陳進勇

多少年
言奮鬥
說拼搏
無奈人老頭白空悲夢
幾滴濁淚宣告詩人人生終悲苦

錢不跟人
花不待月
詩只自白
知音渺茫
試問世間
何處高歌
何處詩吟
枉有雄才文筆
不如庸人半天工錢
一悲眾山泣
一怒詩自流
好人甚少
俗徒眾多
靚詩難遇
高手難逢
極頂詩者命如泥水
徒有才智詩情
不及世俗半張紙幣

2011年10月6日上帝詩人陳進勇午睡醒時作於北流家中床上

為眾多的公路收費站歡呼萬歲

作者：陳進勇

星羅棋佈的收費站
如土匪窩般林立
敲詐勒索著過往的車輛

每一個收費站的臉上都寫著五個大字：
留下買路錢
每一次下放的攔杆
其實就是強盜在重複的伸手要錢
真是此路是我建
此山為我開
想要過此路
須留買路錢

收費員「笑臉」的背後
卻是棺材裡的出手
死要錢的臉下
卻不知世間羞恥為何物
每一個收費小卒
都是在為虎作倀
搶劫著過往的車輛
每一個所謂的「路政工作人員」
其實就是真正的車匪路霸
而過往的車主實質上就是人家砧板上的肉

望著間隔不遠的收費站
好如串好的珍珠項鍊

我的心就會不停的打顫
我的腳也會不由自主的發軟
感歎無奈
民生艱難
車主不易
錢出貨上
羊毛終源羊身出

2011年10月9日上帝詩人陳進勇有感作於路上

英雄本色

作者：陳進勇

成大事者
就不拘小節
有內才之人
就莫論外表衣冠

不以得失論成敗
不以排場耍威風
多少英雄豪傑
仗劍江湖
恃才放曠
天時不就
地利不配
人和孤單
多少事物
問天意如何

謀事在人
成事在天
英雄本色
只爭朝夕
只論氣概英才
莫論得失成敗
是英雄
不問出處

2011年10月10日早上帝詩人陳進勇醒時作於北流家中床上

少林僧人是商賈

作者：陳進勇

左看不是和尚
右睇不似僧人
怎麼看
怎麼睇
少林的和尚都不似僧人

真和尚
吃齋念佛
誦經皈依
看破紅塵
六根清淨
佛心向祖
五臟皆空
六腑無塵

錢財浮雲
名利神馬

可是
少林寺的所為
不似寺廟
更似公司
少林寺的住持
不似方丈
更似公司的CEO
真是錢財穿腸過
佛祖重商人
賺錢多多
什麼招式花樣使盡
宜說實話
此和尚不是那和尚
此寺不是大悲寺
此方丈不是那方丈
此廟經不是那廟經

唉
香旺廟祝肥
真經和尚苦
僧俗錢財心
歪經念香錢

2011年10月12日上帝詩人陳進勇作贈少林僧人

詩者之真偽

作者：陳進勇

有些人
嘴上宣稱自己是詩人
身上流淌著的卻不是詩人之血液

有些人
文字簡介上自詡自己是詩人
作品卻真實反映出是一文不值的滿紙字句

有些有錢的商業「詩人」
正在用錢打造著金錢的「詩衣」
卻不知華麗的「詩衣」裡
全是滿肚子的商人銅臭

有些富康的「詩人」
也正在忙碌著與書號販子打交道
自費出版去包裝著自己的「詩人」頭銜
卻不知如此廢紙般的所謂「詩集」
印刷得再精美整潔
也實質上就是在浪費木材資源
自慰、自殘自己的精神良知

還有那些能夠投靠機構的官方「詩人」
也正在利用著特供的優厚資源
用人民血汗的供養
在吃飽喝足之後
就會寫一些牛頭不對馬嘴的字句

溜鬚拍馬其所需要服務的階級對象
如此之類的偽詩人、詩混
有如文聯、作協、學院中之御用者

這個世界
真他媽的可笑
不是真詩人之人
卻占著詩人之位作「詩」填「詞」
真正的詩人、詩者
卻蝸居在自己的心靈深處吶喊
有著出版資源和話語權之偽詩人們
橫行霸道、稱王稱霸於詩壇、詩界
像強姦少女般
姦污著純潔的詩歌、詩壇
淫聲在「詩壇」中回蕩
詩之淚水像泉水般湧出
在詩之世界裡
詩在嚎叫
詩在呻吟
詩在哭泣
詩在求饒
詩之真諦
只能埋藏於民間真實的詩者身上
詩之頂峰
從來就未曾屈服於毫無詩才文筆之偽詩者

阿門
誰在為詩伸冤
誰在拯救詩魂
誰在折磨著詩者
誰在無恥的演繹虛偽

詩靈自知
詩魂自明
當今有才詩者
只能民間隱藏存活
詩之真吟
只在民間隱者心上悠揚回蕩
一切排場
只會姦污著詩者
污染著詩魂

2011年10月14日上帝詩人陳進勇作於北流家中

創作的目的和人生的價值

作者：陳進勇

有時候
詩不是作不出來
而是感到作詩無用

有時候
寫作不是寫得不好
而是覺得現實的功利社會不會允許

詩作得再美、再好
詩也只有高品質的靈魂才會欣賞
文章寫得再精美、精深
文章也只有具有文化頭腦之人才會懂得品味
在人們只知道索取和索求的物質時代

在精神貧弱卻又毫無恥辱感的人群裡
這些創作都顯得多餘和不值

教育的成功不是在於教會人們索取和索求
教育的成功在於讓人們知道人生為何物
奉獻才是人生的最高價值和境界
詩歌創作和文章的寫作的目的也是緣於此
好的詩歌和好的文章會讓高品質的靈魂活在真正的人生軌道上
索取和索求往往只會教會低素質的人像動物般過著本能的物質生活
活在一個官不為民、詩不為藝、民只知為己的時代
是一個可悲的時代
是一個人們沒有負罪感和恥辱感的時代
是一個精神貧弱而物質富有的時代
是一個不講仁義道德、不講良心、不講信用的悲哀時代

2011年10月20日上帝詩人陳進勇作

也論詩人的生活無能

作者：陳進勇

當你在要求詩人是生活的強者時
你不是在無知便是在無恥

自古以來
多少有才華的詩人以獻身的精神投身于詩歌偉業
光陰似箭，詩心無悔
多少有良知的詩性詩者
又有哪一個是只顧個人得失而不為詩活著

當你在嘲笑和鄙視詩人是生活的低能兒時
當你在戲弄和藐視著詩者是生活的可憐蟲時
其實此時的你只知其一，不知其二

請睜大你的眼睛看看
哪一個變質的詩人不比你活得光彩奪目
其如房產商人黃怒波
又如出版界中之逐錢書商沈浩波之流
請問
這些不純的商業性所謂詩人
又有哪一位不比你賺錢多多？有經濟頭腦
又有哪一位不活得比你光彩奪目？有所謂的成就感
猶其是房產商人黃怒波先生
他擁有過的財富或許是你一百輩子都掙不來的吧

說一句老實話
請勿錢眼中睇人
詩人、詩者的腦袋智商或許不會比常人差
只不過真正的詩人、詩者往往愛詩如命
把詩的藝術造詣視為己任
把詩的登峰造極視為人生極點
此類詩人、詩者註定終生以詩為伴，為詩發狂
不管後果，不論得失
以詩為樂，為詩而活
以詩心為靈魂，以詩才為魂魄
終其一生，盡其所能
只為詩歌藝術樂此不疲
某等錢財之奴——俗不可耐者的確是自愧不如
汝等凡夫俗子、名利之徒又怎懂耳知詩識魂

呼呼
真正的詩人、詩者不以生活得失論成敗
純粹的詩人、詩者也不以錢財多少說優劣
真正的詩人、詩者只以詩才文筆見長短
真正的詩人、詩者只以詩魂詩靈論雄才
所有的獻身于詩歌偉業的詩人、詩者
你們的確無須在意世俗的目光
市儈的瞳孔只會放射出庸俗的光芒
真正對詩歌有建樹和貢獻之人
往往只會是爾等飽受鄙視和嘲笑之人
我們民間的詩者必須振臂高呼
以詩聖杜甫為榮
不以詩人生活失敗為恥

　　　　　　2011年10月29日上帝詩人陳進勇怒作於北流家中

《詩者我也》

上帝在召喚真正的詩者

作者：陳進勇

詩歌的號角既然已經吹響
衝鋒陷陣的詩者就必須勇往直前
槍林彈雨正面倒下的是勇士
背部中彈者倒下的是恥辱

戰鬥吧
詩者們
不純的偽詩人必然被詩之真諦所排斥出局
真正的詩者就必須肩負起詩征的重任
追求享樂的虛假詩人只會披上「詩衣」來坑蒙拐騙
真正具有詩才的詩者就會湧現於民間
儘管偽詩人們現在還掌控著詩歌的話語權
可他們虛偽的詩壇怎麼也召喚不出詩之真諦
偽文化者無論怎樣扮演詩人、詩者
但，真正的傑出詩人只會來自於民間
皇帝可以不要廉恥的上演皇帝的新裝
溜鬚拍馬者也可以言不由衷
可真正的詩歌演繹只會出自于真正的詩人心魂
有錢的偽詩人出版再多的詩集
聘用再多的吹鼓手
也只會是廢紙無聲
沒有詩魂的詩歌朗誦會叫喊得再大聲音
也只能襯托出表面的藝術浮華氣氛
真正的詩歌只會發自於真正的詩者心魂
高潔的詩魂必然超脫於庸俗的大眾場所

詩的聖潔哪裡容納得半點虛假不純

年11月3日早上上帝詩人陳進勇作於北流家中

一流的詩人為何不能靠詩過活

作者：陳進勇

無論閃光的詩句多麼的珍貴
也無論詩作的美輪美奐多麼的絕無僅有
可自古以來
所有的物質化社會
都是以物質為基礎
以貪婪的本性為德行
以物質的技能為榮耀
以擁有豐厚的財富為成功
多少癡人不化社會
以門縫睇人
以狗眼賞寶
把鑽石遺棄路旁
把大糞尊之美食
呼呼
此乃智慧開化不足之社會也
此乃物質化之社會也
此乃物質豐富而精神貧弱之社會也

唉
人愚的可怕

不是不識字、不是不知書、不是不達理
人愚的可怕
是在於知書達理卻又不懂感恩圖報
人愚的可怕
是在於對智慧、智者不恭不敬而又自以為是
人愚的可怕
是在於吸納了詩人的精華卻又不懂得回報詩者的所酬
把詩人畢生的精華白拿、白用、白賞
可悲至極
詩人像精神的道士為人類提煉著精神的精華
人們卻寧肯供養著廢話般的小說作者
因為：人們圖的是自慰、自樂、自愚、自弄
把小說的虛假和矇騙當成真實的情節而沉淪於中
畢竟人和社會還沒有進化到詩的社會
詩的聖潔只有具有詩性的人才可以感悟
多麼一流的詩人也只好似叫花子般苟活於世
詩心的高潔也奈何不了現實的社會
詩才的橫溢又值幾何
不信就從古看到今
一流的詩人又有幾人不是貧弱的詩者

2011年11月8日早上帝詩人陳進勇作於北流家中

某些土包子的成就

作者：陳進勇

庸俗的人把名車和豪房看成是成功的標誌
土包子與暴發戶就會用重金打造其光彩的外衣

外強中乾者多數肚裡沒料
沒有多少文化知識的人就會用外觀來彌補其內涵
名牌的衣服包裹著的或許就是個不學無術之徒
多漂亮的外表衣冠也掩蓋不住其學識淺薄

不信，就看那些所謂的成功藝人
這些戲子都是忽悠的高手
胸無點墨卻也能和私利的導演狼狽為奸
演技低下的小丑卻也時常霸佔著公共的資源玩耍
私下的勾當便是所謂的人脈實力
鬼推磨的背後有多少金錢魑魅魍魎
不良的傳媒或許正在與戲子忽悠著觀眾的良知和智慧
不懂羞恥的戲子們還自認為自己很成功
不知世間腦殘為何物？良心、德藝值幾何
哪怕是脫衣解褲被潛規則也想一演成名

　　　　　　2011年11月9日上帝詩人陳進勇在家作贈某些土包子

養豬好過養詩人

作者：陳進勇

我是個詩者
我不是個會賺錢的商人
老婆的你問我什麼時候能出去賺錢
我也不知
我也不知
我無法回答
我無法回答

我雖然擁有著穿透詩書的詩句
我也雖然擁有著跨越時空的詩篇
可要是現在就變賣換錢
總得有人來買
總得有人來買

我是個廢人
我是個廢人
我想把我的詩集切碎
我想把我的文字刪除
我想把我的詩篇攪溶
可沒有回收廢舊的人上門
可沒有回收廢舊的人上門

我得出去
我得出去
我得把我的詩送上街頭
我得把我自己也送上街上
我得賣詩
我得掙錢
說什麼都是假
說什麼都是假
生活的艱辛讓高飄于塵世的詩人變得庸俗低下
過活的所需使詩心變得私利無恥

我得掙錢
我得過活
我也是人
我也要吃喝拉撒
我得把草標插在我的頭上

我得把我的詩集劈開
我得把我的詩篇分售
行過路過的客官
只要你高興
只要你喜歡
拿去便是
拿去便是
便宜賣了
便宜賣了
多少都行
多少都行
賣光拉倒
賣光拉倒
十分不行
十分不行
人也可售
人也可售
包養不可
包養不可
此人好吃懶做
此人好吃懶做
只懂賦詩填詞
只懂賦詩填詞
生活無能
生活無能
笨蛋一個
笨蛋一個
喂狼尚可
喂狼尚可
寧肯養豬
寧肯養豬

不養此人
不養此人

2011年11月11日上帝詩人陳進勇在家作此回答老婆所問

勿嫁詩郎，肚餓心慌

作者：陳進勇

仰望星空不是辦法
腳踏實地才有出路
空想空幻
於家無益
實實在在
柴米油鹽

賣詩非人所能
詩人等同忽悠
星空無須詩意
仰望只會肚空
說詩於家無利
論意只累腸怨胃空
生財方為上策
談詩只會害人
養家才是首要

警告世人
詩人無用
生活無能

幻想多於現實
心胸寬過大地
心比天高
人隨詩活
腳踏浮雲
詩意神馬
不降人間
不食煙火
誇誇其談
忽悠人生
談情可以
論嫁不能
婚無幸福
家貧如洗
生活無著
老少遭殃
勿嫁詩郎
肚餓心慌

2011年11月12日早上帝詩人陳進勇作於家中床上

一個詩癡活寶

作者：陳進勇

你給我一口飯
我就會給你一個詩的世界
你給我一元錢
我就會給你一首讓你無法忘懷的詩篇

在一個物質化的社會裡
有這麼一個稀世活寶
一個生活低能的活寶
一個無心生計的活寶
一個不理家務的活寶
一個隻會賦詩填詞的活寶
一個不解人間煙火的活寶
一個不識世情世事的活寶

在詩的世界裡
有這麼一個詩癡
一個以詩為生的詩癡
一個為詩而活的詩癡
一個隻會用詩來忽悠老婆的詩癡
一個隻會用夢來陶醉老婆的詩癡
一個隻會讓老婆養著的詩癡
一個專吃老婆軟飯的詩癡
一個上：上不了上流社會的詩癡
一個中：不堪與壞人為伍魚肉百姓的詩癡
一個下：沒有生存技能的詩癡
用老婆的話概括：
我就是一個無用的活寶
一個要相沒相，要貌沒貌的活寶
一個既不中看又不中用的活寶
一個功夫不得力，老二又腐敗無能的活寶
一個床上廢物，生活廢渣的活寶
一個說說騙騙，滿口假話的活寶
一個隻會天天哄著老婆心歡的活寶
一個在生活上讓人無可奈何的超級活寶
一個天真、大傻加無知的活寶

一個餓死都有份的詩癡活寶

　　　　　　2011年11月13日上帝詩人陳進勇愧疚而作於家中

一切是否都是浮雲神馬

　　作者：陳進勇

當某些人高呼要如何如何重視詩歌發展時
你就儘管把這些話當成是廢話
看詩人的真實生活狀況
你就會發現生活在社會底層的詩人是多麼的孤貧和無援

當肚餓的人高談闊論什麼的文化大發展時
你不覺得這可笑和可悲
肚餓的人要談的首先是如何解決肚餓的問題
沒有多少文化之人說什麼的文化大發展簡直就是癡人說夢
一個知識份子得不到重視的社會哪有什麼的文化可言
一個唯權至上的社會只會是權力的社會
一個不遵守憲法和法律的社會是沒有資格去談論法制的社會
一個不善待民生的社會不會是個好社會
一個任由壟斷集團去壓榨民生利益的社會不會是民眾所期待的社會

我們希望社會越來越好，越來越完善
我們也希望文化能得到良好的發展
我們盼望著詩歌會有所奇觀
我們也盼望著詩人能體面的生活
我們更盼望真正有貢獻的知識份子能得到最好的優待
我們不希望看到民眾在某些官員的眼中就如同螞蟻般輕微

我們更加不希望看到某些官員目空一切的去為所欲為
我們希望人民能真正的享受到公務員的真誠服務
我們不希望忽悠
我們更加不希望矇騙
我們希望的是我們的民生得到最大程度的關懷和改善
我們希望的是我們的社會真正的以人為本，以善良和良知待人
我們希望的是我們人人都對國家和社會有所貢獻而不是只知索取
我們不希望官員高於鴻儒！權貴所向披靡
我們不希望草包勝過智慧！唯錢是論英雄
我們更加不希望權力踐踏憲法和法律
我們希望的是在法律面前人人平等
我們希望的是人人都懂法、守法和懼法
我們希望的是所有的執法人員都鐵面無私、公正廉明
我們希望的是男女老少都和藹可親，民族姓氏友好相待
我們希望的是我們的社會是一個和睦的人文社會
我們希望的是我們的社會是一個高素質的人群社會
我們希望的是我們的社會是一個高科技的文明社會
說真的
我們真的希望勞心勞智的有才詩人能有飯吃，能有衣穿
我們也希望我們的社會是一個完美無缺的社會
我們更加希望我們的社會是一個理想主義的社會
我們真的希望我們的社會是一個像詩那樣美的社會

　　　　　2011年11月14日早上上帝詩人陳進勇於家中睡醒而作

過有詩有妻的生活

作者：陳進勇

一覺睡到自然醒
有詩意的時候作詩
沒詩意的時候隨意

生活總是悠哉悠哉的過著
不用幹活
不用掙錢
不想人事
不圖錢財
不戴面具
不虛與人
有老婆養著真好
隨意過活
順心度日
與詩為樂
伴詩神遊
現實中
擁妻而眠與妻恩愛
詩幻裡
擁詩天下與詩融合
試問同行詩者
有妻有詩的日子如何
現實中享福
詩意裡幻遊
有妻的日子好過

有詩的生活甜美
2011年11月24日早上帝詩人陳進勇睡醒而作於家中床上

桂林山水之妙合天成

作者：陳進勇

有山不賞月
有水不看花
此山須是桂林山
此水須是灕江水

山，何處不有
水，何處又無
單論山
桂林何以見得勝出稱雄
單論水
灕江只算清河水
自然界，天地間
妙就妙在山和水
絕就絕在山水之神合天成

多少地方美景勝地
哪比桂林山水之妙合秀色
人在畫中游
分不清那山、那水、那人、那畫
人在竹排立
便與山水成畫美入遊人相機

山有多秀
水就有多美
山有幾奇
水就有幾妙
桂林的山秀，秀就秀在水中
桂林的水美，美就美在水影山
山水之妙哉，妙就妙在天工地造神合山浮
真是名滿天下！舉世無雙
桂林山水實在是美輪美奐，絕無僅有
人間水景絕色絕美，絕山水之聖潔與幽靜

人來桂林
惡亦變善
人遊灕江
五臟六腑清爽無塵，無其歪心邪念
人到陽朔鄉間
人性盡善盡美，盡現人良本性
感歎桂林
無愧於「桂林山水甲天下」之美名稱號
有益身心健康之養生地
宜選桂林、陽朔、灕江邊
想修心養性知魚趣
興坪漁村為首選

2011年11月30日上帝詩人陳進勇作于桂林

夢難桂林

作者：陳進勇

生當追夢人
死為追夢鬼
人生大半過
四十不惑埋半土

不省悟
追夢桂林
為詩癡
為詩活
多少錢財精力為詩而消亡

作傻子
不實際
山水魂
尋夢灕江
不思量錢財斤兩
至今落得身無多少分文
無顏見妻小
吃粥食素蝸居羊角山北巷
但願日後
《桂林山水之妙合天成》能博老妻紅顏一笑
以脫責罵嘮叨
不枉客居桂林吃齋念佛
白當僧人一回

　　　　　2011年12月3日上帝詩人陳進勇作于桂林羊角山北巷

家妻甚好

作者：陳進勇

在家不知福
外出才懂賤
客居異鄉思妻切
暖被窩
關愛語
情意濃濃過小日
你你我我相關愛
滿腔熱忱關懷
甚是恩愛幸福
魚水情趣相歡
晚晚相擁而眠
而今獨身外地
生活孤苦
寒暖無人過問
饑飽不知
被窩空空無妻伴
甚是孤淒難捱

2011年12月4日上帝詩人陳進勇作于桂林羊角山北巷

民工之偉大與悲哀

作者：陳進勇

不管你們把城市打扮得多漂亮
你們依然只是微不足道的民工
不管你們把高樓大廈建設得多雄偉
你們還是一群讓人瞧不起的民工階層
就算你們怎麼為城市作出貢獻
就算你們能讓千家萬戶都擁有溫馨的小家園
人們依然會鄙視你們為鄉下裡來的人

城市的發展雖然離不開你們民工的參與
高樓大廈所佔用的土地也雖然離不開廉價的掠奪
可不論民工和農民怎麼為城市作出犧牲
城市還是不會領情
沒有人會感激你們民工
也都沒有人會同情所失去土地的農民
城市就是這樣的冷酷無情
現實就是這般的無奈

城市人所不想幹的活
你們民工或許得幹
城市人所不想吃的苦
你們民工或許得吃
城市人所不想捱的痛楚
你們民工或許得捱
低下的活兒需要你們民工幹
偉大的城市建設也需要你們民工積極參與
當城市需要你們民工時

你們民工須來
當城市不需要你們民工時
你們民工須走
建設好城市有你們民工的責任
清潔好城市也有你們民工的職責

作民工就不要有所怨言
城市的建築該你們幹
每一座城市裡的每一塊磚頭或都有著你們民工的血汗
每一個家庭中的每一個人或都不會感恩你們民工辛苦的付出

家——確實不是你們民工能夠給予
城市中的大部分房主也確實是掏了大把的錢才能購得
只不過吃得最苦的是你們民工
幹得最累的是你們民工
拿得最少的也許還是你們民工
損失最多的卻是失去土地的農民

做民工就不要有所埋怨
城市需要你們幹的活你們民工該幹
城市不需要你們幹的活你們民工該走
不要留戀
也不要期望城市生活
城市的生活那不是你們民工能過的生活
城市的享受那也不是你們民工該有的享受
民工只不過是城市建設的過路客
該你們來的時候來
該你們走的時候走
建設得再精美的城市也不關你們民工的事
打扮得再華麗的都市也只是都市人的家園

滾回到你們農村
返歸回你們鄉下
農村的田地需要你們農民去耕種
每一個中國人的口糧或許需要由你們農民給予解決
每一代的中國糧農或都必須在糧價上作出犧牲
不要問為什麼
也不要喊不公平
歷史從來就沒有公平和為什麼
現實只有強者與弱者的區分

作為農民就要有所委屈求全
作為民工就要有所認命
認同你們的本命就是認同你們的歷史
該犧牲的時候犧牲
該捨棄的時候捨棄
不要與人比
不要與人爭
不要說苦
也不要喊累
你們天生或許就是這個勞作命
苦命裡來
苦命裡去
喊天天不應
叫地地不靈
好好的自我舔舐傷口
在城市需要你們的時候來
在城市不需要你們的時候走

2011年12月16日上帝詩人陳進勇睇民工建築大廈而作

在生論善德，是人崇智慧

作者：陳進勇

心善行人事
人惡膽邊生
位微尚未忘本
人窮猶知心善

多少權貴
徒有人樣衣冠
行善之心少有
惡劣之德常懷
假仁之口常開

寄生者
不知感恩何所
暴富之人
不懂良知功量等值

人要本分
心要善行
清淡未失人生意義
富貴缺德猶為可恥
錢多無才枉生人世
缺學少識空有人骨
動物本性猶多
人類智慧缺乏

2011年12月22日早上帝詩人陳進勇作於北流家中

窮人難過年

作者：陳進勇

怕過年
怕過年
家貧如洗又過年
去年曾言今年好
今年也言勝舊年

年難過
年難過
年年難過年年過
賞錢從何出
人情從何來
親朋戚友需招待
點點滴滴要錢付
無錢難作孝順仔
窮鬼難成大方人
招待不好親也疏
袋瘪難為有禮人

上有老
下有幼
窮困之家真是難
做工人老無人要
無藝力弱老闆嫌
做生意又不是那個料
天生不是老闆相
四十出頭

六十退後
既不敢稱老又不敢說嫩
甚是尷尬年代人

冷眼旁觀
新聞怪事年年有
多少人物積德行善
二斤面
一斤肉
十兩食油獻愛心
人要臉
樹要皮
裝模作樣演善意
卻不知
履行本職
問心無愧
便是大善大德好官人

2011年12月30日上帝詩人陳進勇作

老婆是一個怎樣的女人

作者：陳進勇

老婆是一個從陌生到相識
從相識到相愛
從相愛到結婚的女人

老婆是一個血緣上與你無關的女人

但，這個血緣上與你無關的女人卻勝過有血緣關係的親人
因為：老婆是一個能與你相愛相守的女人
因為：老婆是一個能與你同床共枕的女人
因為：老婆是一個能與你生兒育女的女人
因為：老婆是一個能與你共同生活終身的女人
老婆真的是一個能與你共命運，同呼吸的女人
老婆也真的是一個能與你息息相關，別的女人所不能代替的女人

在這個世界上
也只有老婆才能完全的融入你的身體
在這個世界上
也只有老婆才會與你終生有著切膚之愛
在這個世界上
也只有老婆才會是最關心、最關愛、最在乎你的女人
除非，你的老婆不是一個與你同心同德的女人
否則，沒有理由老婆不是你最親、最愛、最寵的女人
在這個世界上
只有老婆可以共度百年之好
在這個世界上
也只有老婆才會是一個可以託付終身的愛人
請天下的男人
好好的關愛老婆、愛護老婆、珍惜老婆
也請天下的男人
把過去的過錯和對老婆的不好好好改正
重新作一個好男人、好丈夫
作一個真正關愛和真正在乎自己老婆的好男人
無論何時何地
也無論富貴貧賤
我們都要作一個真正愛惜自己老婆的好男人、好丈夫
　　　　　　2012年元月9日早上帝詩人陳進勇作於北流家中床上

聖酒五糧液

作者：陳進勇

聖酒一杯五糧液
人逢喜事精神爽
同舉杯
君莫愁
喜慶杯杯清脆響
幸與桌
有緣人
吉祥如意貴相識

喜慶事
情誼長
同相飲
杯莫停
有緣相聚千杯少
話語投機樂開懷

既喝酒
話五糧
口味甘美喉淨爽
一杯五液天詩來
詩仙李白神仙酒
詩聖杜甫李白情
古詩名篇冒酒氣
香氣悠久味醇厚

古窖坊

秘獨特
長年陳釀精心兌
恰到好處酒味全
與君共飲川聖酒
萬古長青同英雄

2012年5月22晚上帝詩人陳進勇作於北流家中

我願活在詩的世界裡

作者：陳進勇

我承認我不是生活的強者
我也承認我是生活的低能兒
請不要對我說什麼的適者生存，不適者被淘汰
這些達爾文的進化論早就不存在我的腦海裡

我承認
我的身體活在物質的世界裡
我也承認
我的身軀還存在於人間
可是，我不得不承認
我是生在詩裡
我是活在詩中
我的心早就飄離肉體
我的魂早屬詩歌
雖然，詩歌在世人眼中不值一提
可真正的好詩只會存在於我們這些「怪人」中

請別取笑我
不是物質的技能者
也請別取笑我
不是經濟的弄潮兒
對於物質的攫取
我承認我是弱者
對於錢財的擁有
我承認我是貧兒
因為：我的心不在於物質
因為：我的魂不在於錢財
我的心只在於我的詩裡
我的魂只融在我的詩中

在一個詩的世界裡
這裡不談錢說財
在一個詩的王國中
這裡只說詩論才
在美與醜之間
這裡只以詩來體會和評判人的面目

請別對我說生活上的煩瑣事兒
也請別對我說世間上的無聊紅塵
對於一個純粹的詩者來說
真的是太過無聊
詩者的世界只屬於詩
詩者的靈魂充滿著詩美的元素
每一個純潔的詩人都會願意活在詩中
如果他是真正的詩人
如果他是真正的詩者
他就會活在詩中
他也真的會活在他的詩意世界裡

容不得外界打擾他那顆純真的詩心

2012年6月9日上帝詩人陳進勇作於北流家中

安全奶

作者：陳進勇

我可以相信奶牛
但，我不敢相信牛奶
我知道：奶牛吃進的是草
我也知道：奶牛被擠出來的是牛奶
可是，壞就壞在人的身上
貪婪的心往往經受不起利益的誘惑
違背良知的所作所為也就真的發生
純與不純，拍胸自問
安全與否，問心自知

太多太多的事例證實
牛奶的安全總是讓人糾結
世間裡
兩腳的為何不如四腿的誠實
信任為什麼老是被奸商玩耍
良知往往被金錢踐踏

請天下的媽媽小心注意
買奶有風險，選購須謹慎
為了寶貝的健康
請媽媽們儘量用自己的母乳哺育孩子

母親的母乳是最好的奶乳
母親的母乳是最純潔的奶乳
母親的母乳是最安全的奶乳
母親的母乳是最親情的奶乳
親情的乳汁比乳業人的良知可靠

2012年6月15日晚上帝詩人陳進勇作於北流家中

我將保留我最後的一點精神良知

作者：陳進勇

無論生活是多麼的頹廢
我都將保留著我最後的一點詩人尊嚴
也無論我活得如何的失魂落魄
我都將保留著我最後的詩人氣節

生在一個物欲橫流的世間
我的詩心顫動得非常不安
活在金錢的角鬥場所
靈性的詩人將是一個良知上被屠戮的對象

我睜大著詩人的眼睛看著這個物欲的金錢世界
我感受到我的心魂存活於刀光劍影之中
我豎起我的耳朵聆聽著所發生的一切
我聆聽到的卻是一片喊殺聲中夾雜著悲慘的嚎叫

我上過物欲的戰場
可是，我戰敗了

我弱小的心魂鬥不過萬能的金錢霸主
我穿過衣
我也披過甲
我戴上過頭盔和面具
可是，我最終還是戰敗了
我戰勝不了別人
我也戰勝不了物欲
我更加戰勝不了物質化的心魂
因為：我是一個詩人
因為：我是一個靈感的詩者
我的心房沒有防護
我的靈魂沒有盔甲
我赤裸的詩心怎麼也鬥不過兇猛的物欲

在這個物質化的世界裡
我承認我敗了
我敗得一文不值
在這個物欲的角鬥場所
我承認我不是真正的物質鬥士
在我所擁有的詩歌王國中
物質化的鬥士們是不會在乎和珍惜的
儘管，我也曾經嘗試過本能的活著
可是，我真的做不到
在真正的詩人眼中：沒有精神的生活是最可怕的生活
在真正的詩人眼中：沒有詩歌的生活是最不能忍受的生活
真正的詩人視詩歌如同生命
真正的詩人視藝術如同靈魂
詩人真的是覺得詩歌比物質還重要
才華比黃金還珍貴
靈感真的是可遇不可求
在你們賜予我是生活的低能兒時

請允許我保留著一個詩者的最後一點良知
在你們鄙視我是生活的可憐蟲時
請允許我保留著一個詩人的純真心靈

或許，我不配活在這個爾虞我詐的世間
或許，我真的不配生在這個以物質論英雄的時代
但是，我是配活在詩歌這個強大的精神世界中
因為：我擁有著真正的詩人心魂
因為：我擁有著最後的詩人本性
就算我在這個物欲的世間如何失敗
我都將是一個精神上的勝利者
一個能橫筆獨詩於天下的詩歌狂妄人
不信，就睜大你的眼睛看我的詩作
在詩歌藝術造詣上我又如何不如君
只不過你們是活在物質上
而我則是活在精神中

2012年6月21日上帝詩人陳進勇作於北流家中

欠債詩人之夢想

作者：陳進勇

銀行的短信像索命的咒語
字裡行間都在催討著還貸

物業公司的來電響個不停
每一個電話都是追繳著物業費
交，無錢

不交，就斷水斷電

只有太陽和空氣還好說些
陽光，不要錢
空氣，也不要錢
還有從事靈魂工作的詩人不要錢
詩歌藝術也都不要錢
剩下的就只有詩人的骨肉還有點利用價值
要煎要煮儘管拿刀來

什麼時候債主們能自然的消失
什麼時候煩人的索債聲全無
什麼時候不懂營生的詩人能安心的寫作
能有飯吃
能不被老婆驅趕著去賺錢養家
詩人之夢想只是不受打擾的作詩
詩人之夢想只是想讓更多的靈魂獲得光明
行嗎？阿門

2012年6月24日上帝詩人陳進勇作於北流家中

詩人的靈魂與肉體

作者：陳進勇

我用詩人特有的目光掃視著這些智慧的精靈
這些靈性的精靈便是那些為詩歌而獻身的詩者

傑出的詩魂平凡的心是理解不了的

因為：他們用的是平庸的心態看待詩者
這也就無法理解這些詩人的內心靈魂
而我，因為讀得太懂我就越發感覺到悲哀和恐懼
我悲哀的不是以後是否還會有著詩人重蹈覆轍以死殉詩
我悲哀的是物欲化的心還會無聲無息的獵殺著詩人的心魂
我悲哀的是人們的心還會繼續著物欲和功利
所有的這些正是抹殺著詩人的希望所在
而這些所在將會繼續著扼殺我們純真的詩人
天生脆弱的詩心哪裡還能經受得住如此這般的物欲化折磨
功利的心何時是個盡頭

記住
冷漠比刀槍還可怕
麻木的心魂比毒藥還毒
多詩意的詩心也無法感化物欲的嚮往
靈性的詩魂或許會以生命的終結來詮釋詩心的呼喚
詩心何在？物欲無邊
世人都以擁有財富為榮
獨有詩人卻以缺失詩心為恥
在物質化一統天下的時代，有良知的詩人只好獨自哭泣
任何天驕的詩人如果想生存於世
你的詩心就必須具有特殊防護
這些防護必須能抵擋得住冷漠的目光和麻木不仁的心魂
如果詩人真的想存活於世
詩人就必須練達分身之術
讓詩人的靈魂活在詩的世界中
讓詩人的肉體以動物的本能生存
只有具有這些高超的本領才能保障詩人的生存
能善始善終的詩人無一不是在詩心和肉體上都努力修煉之人

2012年6月25日上帝詩人陳進勇作於北流家中

孤獨的詩心

作者：陳進勇

讀懂了孤獨你的內心就會強大
讀懂了孤獨你的靈魂就會發光
極頂的詩者內心必定孤獨
有伴的詩魂必然平凡

作詩不是為了工作
作詩只是為了自己的心靈感悟
喜悅和悲傷都是在寫作過程中有所感觸
寫詩真的不是為了什麼
寫詩只是把自己的心靈感觸以詩的形式記錄下來

儘管年輕時曾想成功成名、出人頭地
但，那都是年輕時的無知和私利的虛榮心造成
現在的幸福感悟是孤獨
是孤獨的詩心在寫詩時的感受
是孤獨的詩心在寫詩時能與詩同喜同愁
幸福真的是人詩合一，詩與人同在同樂
詩與心融合，不分彼此

當詩心與物欲結交時
當詩心與市儈稱兄道弟時
此時的詩心就已經庸俗不堪，不值一提
當詩魂真的不是出自于真正的詩人身上時
這詩魂必定庸俗和勢利
平庸的心和庸俗的魂對詩人來說是可悲的
市儈的心態哪能作出什麼的好詩來

在真正的詩歌眼中：詩真的不會與市儈相融

詩不會結交庸俗之人
詩也不會結交附庸風雅的偽詩者
詩只會結交真正的懂詩、賞詩的有緣人
詩只會在自己的精神領域上陳述著心靈的真實感悟
相信吧
詩心永遠都是孤獨的
極頂的詩人心靈永遠單飛
渴望與大眾同行那不是詩心所想
孤獨的詩心永遠只活在孤僻的詩者身上
出色的詩魂永遠孤獨
偉大的詩者必定孤單
別求他想
只求詩心永恆
哪怕孤苦伶仃
我也要詩心永恆
我心孤獨
我魂孤單

2012年6月28日上帝詩人陳進勇作於北流家中

飛車真的不是英雄

作者：陳進勇

在社區裡你把車子開得很猛
請問：

你是在炫耀你的車子還是在炫耀你的駕駛技術
你是在開賽車還是在製造恐懼

在你猛踩油門所獲得的爽快時
你真的覺得你很威風
你真的覺得你很榮耀
在你得意洋洋的時候
你是否知道：別人的生命正處於你的危險駕駛之中
你也是否知道：別人的幸福也許就會毀於你的車輪之下
你真的不知什麼是危險駕駛
你也真的不知什麼是無知和腦殘
你野蠻的駕駛只會給別人帶來危害
你無知的所為只會給自己留下禍根

請所有開車的朋友懂得友善和忍讓
有素質的駕駛員自然會把車子開得平穩
沒素質之人才會在住宅區把車子開得飛快
別不把生命不當一回事
生命只有一次
家庭猶如脆弱的瓷盤
請勿在開車的時候給路人帶來恐懼和危險

　　　　　　　2012年7月1日上帝詩人陳進勇作於北流所居社區

詩人比作家光明磊落

作者：陳進勇

詩人是心靈的真正玩家
作家是徹頭徹尾的情節騙子
不管詩人與作家承認與否
詩人一直都在自己的心靈中遊蕩
作家也一直都在自己的小說中設局

或許，這個說法文學界並不認可
或許，這種心靈玩耍不能給予詩人帶來物質上的收益
可詩人首先想的是精神上的感受
詩人不可能為了作品而像作家那樣哄騙讀者
詩人也不可能為了利益而在自己的詩心上作假
詩人寧肯在自己的靈魂上有所感悟
詩人也不會甘願在詩魂中有所欺詐

詩人可以窮酸得讓人笑話
詩人也不會在靈魂上有所屈從
詩人不可以沒有詩而活著
詩人也不可以沒有魂而存在
詩人也許口袋裡沒有錢
詩人卻在內心世界裡充滿著熾熱的詩篇
詩人為詩可以外表如同乞丐讓人鄙視
詩人的靈魂卻是精神上的豐碑令人仰望

你相信嗎
詩人是精神上的真正道士
詩人是心靈裡的真正玩家

詩人在詩中追逐著天馬行空般的詩夢
詩人在靈感上卻始終是先知
詩人不肖于成為作家
因為詩人不想成為徹頭徹尾的故事騙子
詩歌也不屑於與小說為伍
因為詩歌所追求的是真誠而非虛假的情節自慰

詩歌是精神上的聖者
小說是騙人說謊的把戲
詩人是內心靈魂的常客
作家是庸俗人群中的心欲賣家
詩人玩的是詩心無忌
作家玩的是虛假情節
詩人靠詩心而引起共鳴
作家靠矇騙而換取認可
詩人是心靈的真正玩家
作家是小說裡徹頭徹尾的情節騙子
詩歌可以榮登大堂而高聲朗誦
小說卻公開蒙人坑錢

2012年7月5日上帝詩人陳進勇作於北流家中

一個不食人間煙火的詩人

作者：陳進勇

家庭不需要詩人
家庭只需要會掙錢的丈夫
家庭也不需要詩篇

家庭只需要能解決生活所需的經濟能人

作為一個無能的丈夫不配擁有婚姻
作為一個掙不到錢的男人真的不配擁有家庭
承認吧
純粹的詩人只會給愛人帶來戀愛時的激情
純粹的詩人不會給老婆帶來婚後的幸福
純粹的詩人只會給老婆帶來婚前的甜蜜
純粹的詩人不會給婚後的家庭帶來美滿

一個不會掙錢的丈夫不是一個好丈夫
一個隻生活在詩中的男人不是一個好男人
別怨世間冷酷無情
只怨詩人天真爛漫
別怨詩歌回報微薄
只怨自己不是真正的超人
不能修煉到不食人間煙火的境界

生活以物質為基礎
家庭以掙錢為首要
詩聖杜甫活該餓死
但丁、普希金來華也決不能以詩生存

詩歌報酬真合理
詩人待遇真夠高
誰能以詩存活
不是超人便是傻子

2012年7月7日上帝詩人陳進勇作於北流家中

詩人有罪，詩心可誅

作者：陳進勇

作為詩人
你窮
你有罪
你沒有能力賺錢
你有罪
你專注於詩歌創作
你有罪
你是純粹的詩人
你有罪
你過著毫無收入的詩歌生活
你有罪
只要你窮而又與詩關聯
你就有罪

在物質化的社會
窮人是沒有資格作詩的
在功利人的眼中
詩無所用
賞詩無錢
不信，就請看那些市儈人的眼神
哪一個不功利
哪一個不物欲

我並不強求所有的人都愛詩、賞詩
我也並不強求所有的人都要過著有詩的生活
可世人為什麼把純粹的詩人看得那麼可惡

詩人過著純粹的詩歌生活就那麼的不可饒恕
寫詩的人就真的有罪
世界之大為什麼就容納不了一顆詩心
生存之人就真的必須以物質技能定生死
以掙錢多多為榮耀

原諒我吧
所有物質化的人們
請讓我過我的詩生活
在詩的世界裡
詩人真的有詩自足
在靈魂的世界中
詩人的靈魂只有精神沒有物質

或許，詩人單純
或許，詩人天真
可為了詩心飛翔，為了詩夢成真
我認了
我承認：一切的一切都由物質人說了算
我承認：物欲化的社會主宰著世界
我只求：我的詩還能繼續存活於我的心中
我只求：我的靈魂還能與我的詩同在

我知道我可惡
我也知道我有罪
我知道我四體不勤，五穀不分
我也知道我只想賦詩填詞
我罪大惡極，我罪該萬死
我讓物質化的人們心感不爽
我讓萬能的唯物主義者有時尷尬
我無恥，我厚顏

我不勞而獲，我寄生有罪
我明知作詩無利
我明知詩夢渺茫
我為什麼還不省悟
我為什麼還不悔改
我該物質
我該物欲
我該功利
我要生活
我要生存
我要活命
我要養家
我要糊口
我要讓我的家人看到希望
我該物質
我該物欲
詩歌該死
詩人有罪
庸俗有功
詩無物利
詩亡物存

呼呼
社會養活不了有才詩者
生活無須詩篇
杜甫之流死不足惜
為何窮死只懂弄詩耳
為何無望而詩心不改
為何精神公益而自我犧牲
詩人有罪

詩心可誅
我心休矣

世上詩心百般好

作者：陳進勇

活著，就必須庸俗
活著，已經沒有尊嚴
活著，多少人像狗討食
活著，多少人餓虎撲羊
活著，多少人自尊無法自保

什麼的尊嚴
什麼的自愛
在滾滾物欲的世間
多少人尚能自保
多少良知今安在

為了自己和家人
多少心質已變
多少男兒心歪

問世人

誰敢豪言壯語
誰敢自稱良心全紅
在物欲橫流世間
潔心幾顆
廟堂之上
多少人高談闊論
大堂之中
誰不正人君子

人心不古
惟詩心永恆
詩人可歌
清貧詩者孤心自傲
我筆、我心永恆
我詩、我魂自高
呼呼
此生永不攀龍附鳳
誓死絕不向權貴寫一字片語
無言冷對眾生
我人可貴
我詩自良

2012年7月13日上帝詩人陳進勇作

流水線上的工人

作者：陳進勇

你無須思考
你也無須思維
你只須重複著生產動作
你只須跟上機器步伐

你的手不是你自己的手
你的手只是生產線上的機械手
你不是獨立的個人你
你只是流水生產線上組合的部件
你只須跟上生產線的步伐
精確、定時的做好你必須做的環節
重複、重複、重複著生產動作

2012年7月18日上帝詩人陳進勇作

一個小彩民的心聲

作者：陳進勇

我一直用我的血汗錢在斷斷續續的支撐著彩票夢想
可為什麼離奇的中獎總是沒有我的份
為什麼？幸運的星辰總是那麼的遙遠
為什麼？那麼多的大獎都不降臨在我的頭上
為什麼？那麼多的大獎總是中得那麼的神奇

我想請問一下彩票中心
是我投彩技術不行還是他人的祖墳在冒青煙
是我的數術概率學得不夠精通還是搖獎機確有玄機
是我善心不夠還是我的運氣不好
是我太過功利還是我的運數未到

我拜過佛
我求過簽
我不殺生
我也曾經素食
我懷著菩薩的心腸敬仰著佛祖和觀音
可為什麼我的功德都是白做
是我的私心太重還是我的凡心未改
憑什麼？別人就能離奇的中大獎而我卻一無所獲
憑什麼？別人就能從福利的事業中獲利而我都是在作貢獻

佛祖在笑
觀音無語
我的愛心像太陽
我的積德正無邊
我心慈善
我佛無邊

2012年7月20日上帝詩人陳進勇作於北流家中

上負唐詩宋詞，下愧古魂騷客

作者：陳進勇

君不見唐詩流淚宋詞哭
君不見古魂歎息鬼搖頭

遙望當年
唐宋盛世
漢詩天下詞天國
天朝之詩傳天下
哪個外夷不折腰

現今坑爹之徒眾多
總以西洋勝我朝
豈不知：龍居東方為聖地
徒孫洋藝豈勝天朝

冷瞧當今詩壇
有才詩者幾許
恨鐵不成鋼
洋毛未脫，進化欠妥
哪有旁門勝正道
詩盲無知
可憐小丑
不務祖業反為洋夷吹噓
氣壞祖宗
長他人志氣，滅自己威風
古魂騷客怨地厚
如此無能子孫

長泣現詩不如古

　　　　　　2012年7月21日上帝詩人陳進勇作於北流家中

醫者父母心

作者：陳進勇

學醫不是為了發財
學醫也不是為了謀生
學醫的最大目的是為了解除大眾的疾病
賺錢並非學醫的目的
救死扶傷是醫者的職責

請所有投身於醫學的人明白
從病患者身上獲取最大化的利益是醫者的恥辱
任何醫務所帶來的收益都必須適可而止
任何倚仗著醫術而牟取暴利的行為都是有違醫心、醫德的行為

想發財就不該從事醫務工作
想把醫術只當作自己的謀生技能最好是放棄從醫
因為：你的收益均是來自于病患者身上
醫者的暴利就意味著極不公平的對待患者
醫者的收益在醫道上是被賦予不能暴利的
歷來的醫家都遵從行醫不能只是為了錢
醫者的職責包含著人道主義的精神
醫者行醫的本身就是在積德行善
天賦醫者救百姓于病患之中
行妙手回春于病患者身上

醫者仁心
醫者父母心腸

說實話
醫院也好
醫生也罷
行醫的根本目的就是為了治病救人
把醫院當作營利公司來經營那是在作惡
把醫術當作敲詐錢財的工具來使用那是在坑人
如此這般，只有靈魂卑鄙者才會如此之為
也只有醫魂骯髒者才會那樣施行
雖然，醫院需要運轉和發展
醫生、護士也需要生活和養家
可一切的一切都要問心無愧
一切的一切都要仁義先行
當醫生就不能滿身銅臭
當醫生就不該醫魂醜陋
醫療服務所帶來的收益不是醫者的最終目的
盡力解決病患者的病患才是醫院和醫生的最高宗旨
任何只是為了錢財而行醫的行為都是不能接受的行為
任何把醫院當作營利機構來經營的行為都是不可饒恕的行為

請所有的從醫者明白
儘管醫者不是上帝
但，作為醫者必須懷著仁慈之心行醫
仁慈是醫者的根本
仁心是醫者的靈魂
行醫真的不能只是為了錢財
行醫的最終目的也不是為了自己和醫院
行醫的最終目的是為了大眾的疾病而為之奮鬥
醫者的報酬只是行醫過程的附帶產物

醫者的最高境界是為病而醫，舍己忘我
這種高境界的醫道精神在現實中確實渺茫，難為醫者
可作為醫者卻必須盡自己的所能努力追求
醫者須以最高的醫德來約束自己
醫者須以高尚的情操仁心待人
因為你是醫者
因為你是病人心目中的活救星
作為醫者的心魂必須寬廣於大眾
作為醫者的使命無上光榮
請所有的醫者以醫為樂
請所有的醫者以術救人
天賦醫者大善大恩於世間

2012年7月25日上帝詩人陳進勇作於北流家中

一個詩者的人生感悟

作者：陳進勇

看透了世道
你的心就會悲哀
讀懂了人世
你的感覺就會無奈

相信吧
社會是一個巨大的角鬥場所
各式人物都在用各自的方式參與著角鬥
只是有人勝了也有人敗了
有人笑也有人哭

有人悲涼也有人狂喜
勝者未必丈夫
敗者未必不英雄

感悟了以上所說
你就不會只是活在物質層次的人
讀懂了我所作的作品
你的靈魂就會出竅
相信嗎
人最高境界的活著不是在物質而是在精神
人最卑鄙的活著不是在生活外表而是在內心靈魂

2012年8月10日上帝詩人陳進勇作於北流家中

再見吧！中國足球

作者：陳進勇

不看中國足球可以長壽
看了中國足球也許就會折壽
至於你們信不信，我反正信了

算了，算了
今生為了不再折磨自己
我決定以後不再看中國足球
我鬥不過你們，我的眼睛可以選擇逃避
你們的腳臭，我的心卻不堅硬
你們玩你們的遊戲
我可玩不過你們

你們玩輸了，照樣有錢收
你們玩臭了，照樣可以光彩奪目
你們球技差了，照樣可以出鏡上媒體
而我不同了
我看了，或許我得付門票
我看了，或許我得顛倒黑白熬夜
你們輸了，我只能生我自己的氣
你們不爭氣，折壽的卻是看官的我
你們可以這樣的玩幾代的足球人
你們也可以這樣的玩更多代的臭腳
而我呢
我真的玩不起
我真的再看不了
我的精神有限度
我的錢財也微薄
我的生命沒有那麼的久遠
我陪伴不了你們
我看不起
我玩不了

中國的足球
你們勝了
中國的國腳
你們爺們
你們對外常常輸得起
你們對自己的球迷玩得轉
我輸不起
我玩不轉
我陪伴不了你們
我只能選擇逃避

我陪贏不了你們
我就只能選擇服輸
我認栽了，中國足球隊
我只求你們別對我說什麼的勝敗乃兵家常事
胡扯什麼的友誼第一，比賽第二
這些對於我來說都是扯蛋的話
這些對於我來說都是不知廉恥的說法
你們可以長期的以敗為榮
我的自尊和好勝心卻承受不起這樣的長時間折磨

算了吧
我的頭已盼白
幾十年的中國足球夢讓我苦不堪言
長時間的挫折讓我興趣全無
足球這個愛好我必須改掉
球迷這個虛假的頭銜也就算了
中國的足球隊
你們讓我夢想不再
中國的足球員
你們玩你們的
我要與你們決裂
我眼不見，我心不煩
與其長期無望的期待不如一刀兩斷的分手
與其一輩子的看著這窩囊廢的遊戲不如自我心境的放逐

2012年8月13日上帝詩人陳進勇作於北流家中

我們必須拯救我們的有才詩人

作者：陳進勇

在物欲的世間
詩人的弱勢並非就是詩人的過錯
真正的詩人或許幻想多於現實
精神優於物質
詩性的詩者天性單純
物欲真空
詩意的精靈無法與俗夫相搏
詩魂的高尚惟詩演繹
相信吧
物欲化的傷害對詩魂過於殘忍
錢財化的心魂讓詩心的擁有顯得奢侈
純真的詩人很難在物質的角鬥場所中佔有優勢

相信吧
在一個詩歌曾經盛行的國度裡
沒有一個出色的大詩人只會讓有識之士臉紅
相信吧
一個出不了大詩人的詩歌大國只會讓鴻儒羞愧
相信吧
傑出的詩人自會靈感超越于眾生
相信吧
功利的心魂只會存活於庸俗的胸懷

請大家開啟仁慈的心房

別讓詩人的心倍感冷漠
也別讓詩人的悲奮發出最後的怒吼
世俗的世間或無一雙真正的慧眼
浮華的眾生只有俗徒

天在呼
地在喚
請拯救我們真正的有才詩人
在物欲橫流的時代
在金錢主宰的世間
在人脈交織的人世
請大家拯救我們的有才詩人
讓世間上最純真的詩人還能存活
讓世間上最有才華的詩者繼續創作
請讓我們仁慈的心充滿著仁愛
也請讓我們赤熱的胸膛迸發出人性的溫暖
請大家相信
真正的大詩人比熊貓還珍貴
也請大家認可
真正的天才詩人可遇不可求
相信吧
獨立人格的詩人無上光榮
真正的詩才擁有者屹立民間
相信吧
極頂的詩人詩行天下
雄才的詩者氣吞山河

行動吧
上天在看著世俗的人們

行動吧
慧眼的擁有只會是高瞻遠矚的博愛者
請用我們的實際行動感化著冰冷的詩心
也請讓我們的真實仁慈伴詩同行
因為：我們的詩者在創造著輝煌
因為：我們的詩人在鑄造著豐碑
我們沒有理由放棄真正的詩者
我們也沒有藉口去推脫對有才詩人的關愛
當一個詩者只專注於我們的精神創造時
物質產業的人們就有責任給予詩者應得的彌補

　　　　　　　2013年7月27晚上帝詩人陳進勇作於北流家中床上

生活如此不詩意

作者：陳進勇

物質化的人性是醜陋的
藝術化的心魂就會顯得完美
多少年來
我一直都掙扎在這兩者之間
前者，太過現實
後者，過於精神
我也一直都在尋找著折中的平衡點
但，無論我怎麼尋找和調整
我所搞出來的都是庸俗化的私利心魂

我在嘗試著掩飾我的醜陋

我也在嘗試著美化我的物欲
可我無論如何掩飾與美化
我都無法掩蓋我在現實生活中的虛偽和物欲

我想過美好的生活
我也想像詩一樣的完美
可是，我做不到
現實中沒有如此美好的生活
我不得不在現實和詩中尋找適合我的活法
我也不得不把現實和詩分隔開來
我終於懂得
要生活就必須現實和庸俗
要詩意就須與物欲的心分離
我也終於明白
過於庸俗的心沒有詩意
過於詩意的魂就會脫離現實

在這兩難的境地
詩人只得身心分離
想生想活就必須庸俗和現實
想美想純就須把物欲的心魂澈底埋葬

詩人像精神的精靈探索著人類的靈魂世界
詩人像神仙一樣無須物質而存活
當世人恥笑詩人物質貧弱時
無知和醜陋就會在現實中得到印證
多少詩人的悲慘結局宣告著物欲的人們多麼冷酷無情
精神財富的付出歷來都是受到免費的分享

無恥欲心天下無敵
精神強盜無思感恩
萬般無奈只能以詩自慰
與詩活著快樂
與俗相伴噁心
誰能純潔高尚
惟詩高呼直喊
舍我其誰
詩魂敢當
無愧於地球生靈

2013年8月21日上帝詩人陳進勇作於北流家中床上

詩會永恆，人會懸浮

作者：陳進勇

我們有充足的理由分享詩人的精神財富
我們也有免費的通行證感悟詩人的內心靈魂
如果我們感覺精神貧瘠
如果我們確須詩歌陶冶
我們就會理所當然的分享著詩人的精神所有
感悟詩人特有的內心靈魂

詩人的精神世界沒有禁地
物欲的心魂何從廉恥
欠缺的心靈只懂索取
物欲橫流的心就不會尊重詩人的精神靈魂

呼呼
請不要責怪錢財化的心靈
「冷酷無情」怎會出現在人精們的腦海中
崇拜錢財的心魂沒有道義
唯利是圖的靈魂毫無羞恥
甘願吃虧的詩人詩心自傲
詩魂的信仰鐵樹開花
詩人的不公天地可鑒
悲憤的淚水總是自流
心酸和痛楚也無法挽救詩人的悲哀命運
善良的詩心抵擋不住世俗的固有冷漠
詩人的精神靈魂總是受到公益化的分享
詩人死後的痛惜只能顯露出世俗之心多麼虛偽

創造精神財富是詩人的神聖職責
靈魂的世界缺失不了詩人的精神詩篇
生活的色彩遮蔽不了詩人的閃光靈魂
白拿和白搶詩人也是無可奈何
詩人的精神大方哪能獲得同代人的認可
詩詞的恩澤又有幾顆是感恩之心
施捨錢財可以贏得慈善美譽
奉獻詩才文筆只能換取千古心寒
詩人的不幸為何總在延續
世人之心為何永無愧疚

或許
無視詩人的存在能凸顯出人的實幹精神

或許
詩魂之珍貴只有詩人才會懂得
相信吧！詩人們
低廉的潤筆能養育出神仙和聖人
高品質的心魂自然離不開優秀的作品滋潤
文學之桂冠詩當其首
認可吧！詩人們
詩的有無並不會影響他人的日常生活
大詩人的缺失卻是國家和民族的悲哀
平庸之心可以毫無詩意
靈魂高尚者哪能沒有詩詞的薰陶
理解吧！詩人們
靈魂的導師無須過於計較
詩人的胸懷寬廣過大地
原諒世俗吧！詩人們
不是所有的心靈都能逃脫原始的進化束縛
不是所有的靈魂都能擺脫自私的本性所能

諒解吧！詩人
勇敢犧牲自己吧！詩者
點亮大眾的精神靈魂就須忘我精神
攀登詩的珠穆朗瑪峰就要捨生忘死
勇往直前！詩心無畏
詩征的路上只有信仰的勇士
靈魂的聖殿自有超脫的心魂
相信吧！詩人們
心靈的加油站只講公益
詩人的大善便是精神靈魂
不要考慮得失
詩人是偉大的精神聖者

詩人是傑出的靈魂導師
詩人講的是精神奉獻
詩人求的是靈感先知
相信吧！詩人們
真正的詩人無所畏懼
忠於詩歌的傑出詩魂
詩就會永恆
人就會懸浮
胃不可有
腹空腸鳴

2013年9月11日上帝詩人陳進勇作於北流家中床上

魂歸詩道

作者：陳進勇

所有飽受世俗生活煎熬的人們
如果你們願意
不妨跟隨詩人進行心靈上的洗禮
心靈的淨化已經到了刻不容緩的時刻
靈魂的塵汙再也無法支撐虛偽的心魂
放棄爾虞我詐的世俗生活吧
跟隨詩人禪悟高品質的靈魂
相信吧
貪婪的俗心永無止境
欲望無窮的私利心魂只會讓你一生精神疲憊
放棄過量的所求
淨化不潔的心魂

丟掉攀比的心理
平衡功利的心態
心靈的完美源自心靈的自我完善
拋棄煩悶的塵世
伴詩遊樂于美妙的詩意空間
人生的最高境界不在於擁有多少財物
人生的最高境界在於精神靈魂上的最高修煉
慈善的心腸也不在於吃多少齋念多少佛
慈善的心腸在於內心上的大慈大悲
請普天下的心魂懂得
人生苦短
誘惑甚多
凡人平庸
勢利可恥
忠厚無愧
所有的世俗浮華都將歸還塵土
所有的慈善心腸都有所輪迴
所有的罪惡心魂勢必定下地獄
人性的惡劣塵世塑造
靈魂的可憎自身造就

請聆聽詩人的詩魂心語
別讓自己的一生都活在欲望之中
也別讓自己至死都靈魂骯髒可恥
相信吧
久居市井的物欲心魂
心靈的純潔在於自律
靈魂的偉岸出自人格
人可以中庸無為
魂不可至死無潔

人生可以孤苦伶仃漂泊於世
人格不可趨炎附勢有辱自尊
相信詩魂永恆
相信物欲死無安寧
伴詩而活內心自淨
伴魂而生人品自高
信仰詩歌剛直不阿的精神魅力
羨慕純潔的詩人心魂
靈的所在不在於外表
魂的所處不在於衣冠
為高尚的心靈活著高人一等
為自私的物欲生存卑鄙一生

2013年10月12日早上帝詩人陳進勇作於北流家中床上

破屋爛瓦龍騰天

作者：陳進勇

廿五載詩詞人生
千萬次敲碎文字重鑄
至今只落得全村妙景一家
晚床臥望房頂
可觀月移星轉
貓鼠追逐
星月穿洞
星光燦爛
或明或暗
月圓月缺

或現或隱
風雨人生屋內洞察
日曬雨淋
無錢打理
體弱恐高
留觀日月風雲已有兩載

通地氣
連天庭
對話玉帝相視無阻
埋沒多少年
屈枉詩才文筆
知音渺茫
冷暖自知
伯樂死絕
千里馬尚存
可恨國內出版商竟無一雙慧眼
英才如牛屎
錢眼觀俊傑
有感AAP美國學術出版社
唯才是舉
不問英雄出處
雄才大作見天下
困龍升天
前程似錦
看老夫詩行天下
問鼎文學桂冠
世界詩壇我來也
筆鋒所至驚才絕豔
知遇之恩

美國學術出版社有容乃大
2013年12月3日上帝詩人陳進勇回福綿老家有感而作

世上詩心救俗魂

作者：陳進勇

奮鬥含有進取的精神
物欲就只有自私的成分
人可以為著生活而去付出辛勞
人卻不能為著貪婪而終生無悔
上天可以造就出普通的人性只為著自私而活著
上天卻無法確定真正的詩人的內心靈魂

把人看透是上帝本該擁有的智慧
悟透了人性的自私
上帝也會悲哀傷感
相信嗎
許多人終身逃脫不了被金錢所奴役
許多人一生只為著索取而活得卑鄙無恥
活著也就只知道物欲
活著也就只知道貪婪和無窮的索取
拜金、逐利、崇權的人生無處不在
悲哀的不只是人性的惡劣
悲哀的還有人為何貪得無厭
知足又有幾人真的懂得和理解
為自己的良知活著又有幾人真的能做到

人到無求的境界是多麼的崇高和遙遠

看破了紅塵
和尚和尼姑就會出家而求佛心安慰
心隨佛法
不忍相望是非的紅塵爭鬥
相信上帝也無法阻止人們的貪婪
相信詩魂就會求得內心的清淨和安寧
品詩能讓人性自善
品魂能讓人品自高
詩歌能陶冶庸俗的心魂
詩魂能定格人性的本善
請世俗的人群停下逐利的步伐
認認真真的審視一下自己的內心靈魂
在這個物欲橫流的世間
多少世俗的心魂須進行詩歌上的洗禮

相信吧
與詩相伴
心魂透亮
良知自保
詩性的本善定能拯救人的貪婪和惡劣
塵世間也只有詩心尚能拯救自私的俗魂
　　　　　　2014年2月10日早上帝詩人陳進勇睡醒時作於北流家中床上

詩人在街上賣詩

作者：陳進勇

我看到魔鬼在吞噬著靈魂
我看到人們向著金錢跪下
我看到上帝鄙視的眼神
我看到觀音羞愧得無語
我看到天真的詩人在街上賣詩
我還看到了詩人以為他的破詩就是神靈
就能挽救得所有物欲化的人心
就能拯救得人們不再對錢和權的崇拜
卻不知在物欲橫流的世間
詩人如螳臂當車般可笑

在明知不可為下
詩人卻義無反顧的逆著潮流而上
詩人不得不走上這精神的祭壇
在物欲狂歡而惟詩心獨醒下
詩人不得不為著愚昧的人們討還本該有的自尊和良知
詩人想用其真誠的詩篇感化著物欲的心魂
詩人想用其熾熱的詩心改變著人性的冷漠
詩人真的懷著一顆純粹的詩心在行動
詩人希望能挽救得更多的庸俗心魂
詩人希望能拯救得更多的勢利俗心
可詩人哪裡知道
物欲的心魂早把心靈的聖潔當成廢品
把先知的詩人當作大傻
在這個以錢財作為衡量成功的世俗裡

詩人的精神詩篇就如同破銅爛鐵般貶值
詩人本人也成了生活的小丑

在冷漠的街上
詩人還在賣詩
人們還在嘲笑
詩人飢餓著發出內心的呼喚
可滿街的靈魂卻忘乎所以
詩人過於善良
人們過於物欲
精神的詩人拯救不了所有的靈魂
物欲的心魂恥笑著詩人的可愛

詩在賣
人在笑
魂在空
靈魂的爭奪還在繼續
詩人的征戰何時能還

　　　　　　　　2014年3月13日上帝詩人陳進勇有感作於北流家中

真正的詩人往往只活在自己心中

　　　作者：陳進勇

庸俗的眼睛不會對詩人有所尊重
行走的身軀無須詩人的精神靈魂

在愚昧的人群中
詩人只是怪異的另類

認可吧
詩人不能帶來實質的利益
在講實惠的現實中
詩人只是無用之人

不要埋怨人們對詩人的冷酷
在現實得不能再現實的社會裡
詩人真的活該被人們鄙視
因為：詩歌不能當飯吃
因為：詩歌不能當衣穿
太純的文學沒有多大的市場
精華的詩歌本無實質的用處
生活中也許無須詩歌的存在
生活中也許無須詩人的身影
真的
詩人只會胡思亂想
詩人只會風花雪月
詩人只會在精神靈魂上指點江山
詩人既不能為國家和民族出力出汗
詩人又不能為大家帶來真實的利好
詩人真是無用之極
詩人又怎會是國家的光榮
詩人又怎會是民族的驕傲
詩人只是可恥的寄生者
詩人只是物質的耗損人
人們沒有必要對詩人有所關懷和照顧

好吃懶做的詩人活該受苦受難

創造精神文明的詩人不值得同情
餓死詩人是多麼的應該
無視詩人的存在吧
愚昧無知的無情人
詩歌的公益不值得認可
詩人的精華可以肆意享受
建設富有的物質社會就能所向無敵
光鮮的衣冠外表就可無上光榮
相信吧
腦殘定會無知
無知方能無恥
庸俗滿足低下
勢利不分老少
相信吧
詩心可感天地
詩心可泣神鬼
詩心卻無法感化幾千年的愚昧
詩心亦無法感化幾千年的麻木

自生自滅吧
純粹的詩人們
堅持詩歌創作沒有出路
煮文熬字只會家徒四壁
精神的詩者只能活在幻想裡
惡劣的環境神仙也難生存
堅持理想只會破滅
詩人的未來沒有春天

在庸俗無需詩歌的年代
詩歌大國只是開玩笑的產物
詩歌的輝煌也只是用古人的臉面來貼金
無恥的三流詩人代表著中國的詩歌水準
詩混和學混代言著虛假的傳說

算了吧
所有的純真詩人
我們只是活在邊緣上的另類怪物
讓無恥的偽詩人代表著我們吧
詩歌的舞臺只為他們所擁有
詩歌的話語權也把握在人家手中
他們想怎樣就怎樣吧
詩歌的年鑒由他們編造
詩人的排名隨他們喜好
他們想如何就如何算了
中國的詩歌只是偽詩人的衣裳
中國的詩歌也只是偽詩人的玩物
讓他們繼續狼狽為奸吧
他們想吹捧誰就吹捧誰好了
掛著羊頭的狗肉總是那麼的臭香
相互的利益大家都懂

純粹的詩人沒有人脈
詩人的詩歌沒有平臺
精神的精靈不知何所
優秀的詩集無處出版
詩人的靈魂到處漂泊
詩人的心酸無法訴說

呼呼
蠢材往往被高舉
俊傑往往被埋沒
現實演繹無恥的讚歌

2014年3月22日早上帝詩人陳進勇作於北流家中床上

城市是一台磨

作者：陳進勇

城市是一台巨大的水泥磨
高樓大廈是磨齒
大街小巷是磨縫
人群則是磨粉

磨時刻都在轉動
磨粉則在磨齒與磨縫間流動
磨的碾磨不分晝夜，不會停歇
人的抗爭可以持續，可以永息

有的人被磨得疲憊不堪
有的人被磨得良知全無
有的人被磨得生不如死
有的人被磨得禽獸不如
然而
人們還是樂意充當磨粉被碾、被磨

磨粉的人生還是樂在磨中
痛並樂著

沒有人能逃脫磨的旋律
城市是多美的家園
磨則是無情的煉獄

2014年3月28日上帝詩人陳進勇作於北流家中

一個詩人的人生真諦

作者：陳進勇

一把老骨頭
活幾十年人世尚感自身渺小
冷觀世道風雲
人生苦短，變幻莫測

感恩上天
有小家自感幸福
有詩心可幸三生
清茶一杯
以詩為樂
濁酒一樽
不把鼠輩尊英雄
胸有萬卷
無視世間物欲雌雄

呼呼
生活乃須真誠
活世永不欺心
善良仍然根本
此生不負忠良

善待良知
不以欺詐待人
心存本善
人格、尊嚴不可無
感悟今生今世
生活之樂趣在於自娛
人生之真諦出自自省
文人騷客以詩文為立命
才智情操以修心為至上
小人惡徒以貪婪為本性
想己所欲，冷酷無情

嗟呋
世上詩心尚有幾
人間已是銅臭天
誰能留金傳古語
枉讀詩文未見錢

2015年3月31日上帝詩人陳進勇作於梧州火車站廣場

天堂裡爸媽會幸福

作者：陳進勇

媽媽離開我們已有八年
爸爸今天也都駕鶴西去
他追尋著與老媽相愛的生活
再也不願與媽媽分離

相信吧
天堂裡一定會幸福
沒有年老
沒有疾病
沒有時間
沒有別離
所有的一切都心隨所願
沒有辛酸
沒有苦淚
沒有貧困
沒有欺壓
所有的一切都是那麼的平等和真誠
所有的一切都是那麼的溫馨與和睦

相信吧
天上的神仙都在熱情對待父母
天堂裡的日子一定會美好
因為
那是紅塵所管轄不到的地方

因為
那是人生平等的仙界
相信吧
脫俗的仙靈會更加美好
塵世的煩惱再也承載不了父母升仙的願望

別了，孩子們
有些事情已經超出了你們的能力
不是所有的一切都能達到人們的設想
別了，孩子們
醫生和護士有時候也會無能為力
尊重時間
尊重輪迴
不要悲傷
不要哭泣
爸媽不是不愛自己的子女
爸媽只是到了一個遙遠的地方去生活

相信吧
天堂裡爸媽一定會幸福
爸媽的相愛還會繼續著永恆
天堂裡很美很美
靈魂很輕很輕
輪迴的生活比塵世還好
別掛念著爸爸媽媽
爸媽有著爸媽的生活

2015年6月9日爸去世當晚心構想
2015年6月13日回憶記錄此詩紀念父母

備戰吧！同胞們

作者：陳進勇

我們無法左右日本人的侵略政策
我們就必須做好備戰的準備
當日本新的安保法允許海外軍事干預時
東京就已經在重啟戰爭之閥門
島國人要走的是他們老一輩的侵略之路

相信吧
日本的地理環境決定著日本必然向外擴張
大和的子民歷來就沒有多少善良之輩
縱觀日本的對外戰爭史
沒有哪一次不給其鄰國帶來禍害
誰再相信什麼的「中日友善」
誰就是在自欺欺人
誰再說什麼的「一衣帶水」
誰就是在無知和愚蠢

請問
你見過強盜行善嗎
請問
你見過軍國主義拯救眾生不
也請問
日本作為一個侵略成性的國家
日本作為一個多次戰爭的施害者
其真的為每一次侵略買單不

其真的為戰爭所帶來的苦難痛心悔改過嗎

別天真了
人要安居思危才能有備無患
如果你們看不到島國在加強軍備
如果你們看不到島國在開啟著戰爭之閥門
你們就真的是悲哀了
你們就真的是無知之極
忘記傷痛
歷史就會重演
放棄備戰
國家和民族就會遭受到無以彌補的損失
相信吧
刺刀下沒有仁慈
槍炮中只有硝煙
日本軍國主義絕非友善仁義
幻想倭寇放下屠刀，立地成佛絕無可能
島國人的性格
其表偽善
內心惡毒
行善甚少
行惡甚多
欺軟怕硬
崇尚強者
侵略成性
死不悔改
陰險狡詐
無恥愚忠
狼性本分
非善之輩

清醒吧
國人同胞
我們不希望戰爭
但我們不能任人屠殺
我們嚮往和平
但戰爭由不了我們自身
我們放飛和平之鴿
但有人要舉槍射擊
我們害人之心不可有
可我們防人之心不可無

同胞們
作為平民百姓
我們也得為國為族出力出汗
我們必須時刻保持著清醒的頭腦
為自己為後代備戰
從現在起
我們必須力能所及做一些有益於備戰之事
少買日貨
就等於以後少讓日本子彈射殺我們
少赴日本旅遊
就等於以後少讓日本炮彈炮轟我們自己
同胞們
真的必須為國家為民族做點事情了
真的必須為自己為自己的後代做點防備
前事不忘，後事之師
別讓「九一八」重演
別讓南京大屠殺再次發生

歷史不會相信眼淚
歷史只會相信現實
別讓自己付款買子彈來射殺自己
別給日本的經濟再作貢獻
增強日本的國力就會增加我們以後的傷害
減弱日本的國力就會減弱日本對我們以後的殺傷

備戰吧
國人們
戰爭也許會有一天真的來臨
安逸只會把國家和民族葬送
時刻保持著警惕的眼睛
歌舞昇平只會麻醉著我們自己的心魂
紙醉金迷只會把我們推向萬丈深淵
抵制日貨
從現在做起
抵制日貨
從我們每一個中國人做起
抵制日貨
為自己的後代子孫做好戰爭防備
抵制日貨
同心同德讓戰爭不再來臨

2015年10月14日上帝詩人陳進勇作於梧州火車站廣場

是誰讓高利貸來害人

作者：陳進勇

是誰把高利貸重新釋放出來
是誰把高利貸合法化
又是誰在坑害著人民

看：所謂的民間借貸公司
看：所謂的校園貸和網貸
實質上就是變相的高利貸
是現代版的大耳窿
是吃人不吐骨頭的畜生
是作惡多端的人渣

我不知道是誰把這些害人蟲釋放出來
我也不知道是誰在打著金融放貸的幌子
我只知道把高利貸合法化者罪不可恕
我只知道偽善者不會真正的善良
我知道黃世仁不會真心的行善
我知道周扒皮決不真正的仁慈

有的人為了錢無所不用其極
有的人為了錢早就喪盡天良
有的人為了錢已經變得畜生不如
有的人為了錢已經沒有人性
有的人為了錢已經不懂善良

好吧
那就讓上帝詩人來高呼
讓一個無能的詩者來說道
我們真的不能任由高利貸來坑害百姓
我們真的不能任由變相的民間借貸偏離正道
看著所謂的借貸公司在吃人肉！喝人血
看著高利貸逼得百姓家破人亡
看著現代的大耳窿坑害學生
請問：你們就真的沒有悲憫之心
請問：你們就真的任由大耳窿野蠻橫行
這個世上再也不能唯錢至上了
這個世上再也不能昧著良心來賺錢
在這個世上必須講講仁義
在這個世上必須講講善德
在這個世上必須講講人性

己所不欲，勿施於人
為了世間的真善美
為了世間的人性善良
為了清除唯錢是論餘孽
難道天下就只有一個詩人在吶喊
難道天下就真的沒有勇士的頭顱存在
難道天下的眼睛就真的只有順從的目光
可悲之極！人心何在
為富不仁！天理何方
窮詩者在傲骨
偷安人在無聲

2017年4月1日上帝詩人陳進勇作於北流家中

詩者天命之使然

作者：陳進勇

受天命而詩
為天理而言
雲遊於天下
拯救於靈魂
行詩職所在
不顧時遇貧寒
不媚世俗趨附
天生行命于文魂詩筆
無求自身其善
人生幾十載
可以衣不蔽體
食不果腹
宿居於破屋爛瓦
受譏於俗婦庸夫
然詩心不改
詩命難違
橫筆獨詩於天下
不以處境私利而動其心
不以權貴屈從而動其志
終其一生
惟詩心而行於命裡
惟靈魂而貫於其身
此乃詩者天命之使然

2017年10月28日重陽節上帝詩人陳進勇作于福綿黎村家中

過好當下的每一天

作者：陳進勇

人沒有來生
人也沒有往世
人只有今生
人也只有今世

不要聽信來生往世的虛假說法
所有的有生生物真的只有今生今世
所有的靈性生命真的只有此生今回

過了一天便是一天
生命從誕生便開始了倒計時的運行
而人的生活卻需要實實在在的過活
不同的只是各人對待生活和生命的不同態度

時間在一秒又一秒的流逝
生命也在一秒又一秒的縮減
有人珍惜
有人不在乎
珍惜者
生命的品質和意義肯定會有所提高
浪費者
壽命無論長或短也都毫無品質和意義可言
人活著不在於長命而在於活著時的真實品質和意義

人健在不在於喘息而在於生命中有意義的思想和行為
有質感的生命永遠勝過行屍走肉的活著
暴發戶的過活永遠比不了對人類有所智慧貢獻之人

有的人活著就像動物
會吃、會動、會消耗能量
像一台化糞機在運轉
有的人活著猶如靈性的精靈
會做有意義的人和事
會思考和實踐人生的真正含義
會在大我和小我之間有所取捨
會對自己的人生有一個真實的交代
不會死了就了

過好當下
過好每一天
不是指活著過一天算一天
而是指每一天都要過得其所
過得有真正的意義
活著活著
不是為活而過著
而是活得精彩，活得真意
活得與眾不同，活得有所感觸、感悟
活得不枉此生，活得無愧於自己的內心靈魂
畢竟生命值得敬畏和珍惜
時間永遠不會回頭
人生在歷史的長河當中只是一瞬間

2017年12月21日上帝詩人陳進勇作於北流家中床上

慈善必須與精神同行

作者：陳進勇

除了父母
世上沒有誰欠缺著你什麼
出身貧窮不等於就理所當然的獲得捐助
是你父母的職責就理該由你父母承擔
別人的同情那是別人的善意
別人的捐贈那是別人有著菩薩心腸的善行
貧困的青少年往往急需的也許不是物質上的幫助
貧困的青少年或許首先需要的是精神上的正確指導
慈善必須與精神同行
善心必須共真心同在
善款、善物的受贈者理該是有良心之人
善款、善物的受贈者也理該是有感恩心之人

一個沒有感恩心的人是沒有幫助的價值
一個不心存感激之人沒有必要去為之付出
「升米恩，斗米仇」不是不會應驗
只知索取和索求之人就不會滿足與感恩
心地不善良就必定多是惡徒和禍害
反骨無情之人確實無須幫助

許多善心確實無法換取善意
既然做慈善就不該存在著行善有所回報
但，造就一隻白眼狼去危害社會卻是不該
希望做慈善之人聽一下上帝詩人的忠告

在您做物質慈善之時
請您同時也在做精神上的慈善
只是餵肉只會餵出飢餓之反骨惡狼
不在精神上正確的引導就請莫做愚蠢之捐贈
精神的巨嬰永遠不會成長
自私自利之人永遠不會換位思考
善良終須幼教
忘本只緣無良

行善可為
行惡莫作
慈善之心腸宜放在可造就之材身上
惡果之培育實在是有違慈善之初衷
寒心之事勿為
有益社稷之事多做
扶精神貧弱比扶物質貧弱更為重要
幼小的心靈更須精神上的正確指導
不是所有的人都有資格去做慈善
也不是所有的人都有能力去做慈善
好心有時也會做成壞事
不是把錢物捐出去就算完事
真正的慈善是把錢物投放到該投放的地方
善心就要做出善果
行善便要培育出反哺回報社會之良才
幫扶便要幫扶出好的社會效益
慈善真的必須與精神同行
割肉不能餵狼
精神高於物質
缺失詩人容易

沒有精神靈魂指導難

2018年2月19日上帝詩人陳進勇作於北流家中床上

寄語即將奔向社會的女兒

作者：陳進勇

我既沒有望子成龍
我也沒有望女成鳳
這些畢竟不太現實

知女莫如父
愛女慈父心
小女不過一平凡女子
平凡之人又怎能要求其做出非凡之事

我不求你對社會有多大貢獻
我也不求你是否成材成器
我只求你首先不成為社會負擔
能憑自己的技能和努力養活自己
哪怕所從事的是多麼普通的工種
只要你付出辛勤
回報就一定會有
能養活自己
能確保不給父母帶來擔憂
這就是作為父母對子女的最低要求

在當今這個競爭激烈的社會
能養家活口之人都是能幹之人

生活不易
人生辛酸
高調做事
低調做人
懂得忍耐
體驗艱辛
感恩幸福
珍惜家人
為人處事
只求良知安在
人性永不磨滅
記住
人只有在保障自己的生存下
人才能談及做其他的理想

每個人都希望過自己希望的生活
可現實是殘酷的
理想有時只能存在於夢中
幻想在現實面前沒有絲毫價值
生活不以我們的選擇為主宰
人生不以我們的期待為展現
美好的事少
煩惱的事多
社會和生活不會按你的設想去演繹
人生之樂曲總是悲哀的比歡樂的要漫長
你只有適應社會和生活

你也只有確保自己的步伐跟上時代的節奏
你才能生存下來
否則，現實就會無情的淘汰你
生活磨滅一個不適應的人從來都是無聲無息的
社會不會因缺失你一人而停止
人們也不會因少去你一人而悲傷
人們沒有空
大家都很忙
遺忘一個人如同遺忘一隻螞蟻

女兒依露
為父想教你許多東西和本領
但，確實無法一一教導
許多事情只有自己經歷了才會懂得
該你吃的苦你還是得吃
該你受的難你還是得受
生活本來就艱辛
人生本來就不平順
只是有人能體會有人在無知

珍惜自己和家人
面對現實，腳踏實地
自信而不自負，精明而不欺詐
生活是自己的
膽量是歷練出來的
感恩之心常懷是人性的本善
人生的路上父母只能幫扶你一程
但，不能陪伴你走完你所有的人生
成長的階段已經完成

法定的成人年齡早到
從此以後
你就必須為你的行為買單
從此以後
你就必須有自己獨立的思考與判斷
從此以後
你就必須依靠自己的能力去生存

祝福女兒依露
不要啃老
人須自力
心須本善
熱愛生活
善心常懷
做你年齡該做之事
享你年華該享的幸福
堅定信念
天不負努力之人
儘管生活繁瑣
人生不可預測
命運無常多變
可美好的前程必定是意志堅定之人
幸福之人必定是胸懷寬廣的開朗者

2018年3月18日上帝詩人陳進勇作贈小女依露

善在修行

作者：陳進勇

你看到的善或許並非真善
你看到的惡或許就是真惡
多少塵俗蒙蔽了你的眼睛
多少貪婪遮蔽了你的心魂
紅塵的世間
有多少虛虛假假偽偽真真
庸俗的世道
有多少真善真美真仁真義

有救世之雄心
無救世之能耐
空有詩人之詩道精髓
缺乏普渡眾生之佛力
有知識
沒分子
徒有滿腹經綸
無力救贖眾生之精神靈魂
枉為詩人
愧當騷客
詩魂何用
詩篇狗屎
人心不古
積重難返

呼呼
世道之壞莫過於人心
人性之醜莫過於利欲
獨善其身
微力感悟有緣靈魂
善在修行
真善真修在心魂

2018年6月15日早上帝詩人陳進勇作於北流家中床上

寧為微塵，不做罪惡心魂

作者：陳進勇

殺戮不會成就人性
善良不會聚焦惡劣
賺錢不是唯一
美心不是財奴

有原罪本是罪過
有掠奪並非善根
比如
戰爭、軍售、販毒、煙草、房地產
又如
高利貸、網上大地主和壟斷性行業霸主

不是暴利就有錢可為

不是賺錢多多就是成功哲學
不是捐款巨大就是善良本性
太過損人利己本來就過於罪惡
還原社會財富的均衡本是當然

存在雖屬於自然法則
卻也源于宇宙本源
生存雖是物競天擇
弱肉強食卻亦過於殘酷
逐利雖可獲益
卻也有違于善心
太過物欲
太過功利
確實不太可取
一切的大富大貴背後卻不知殺戮著眾多的弱小
叢林法則的背後背負著太多的惡匪行為

不崇尚血淋淋的成功
不稀罕血腥味的財富
不期待永留罵名的功績
不崇物逐利
不趨炎附勢
不弄權害人
既為詩人
就要有大我之風範
既作詩者
就要有舍小我之度量
胸懷佛祖之慈悲
心裝蒼生之苦難

遵從詩性
善良為本
寧為微塵，不做罪惡心魂
寧依佛性，不做霸王別姬

2018年7月7日早上帝詩人陳進勇作於北流家中床上

太多的靈魂需要拯救

作者：陳進勇

放眼望去
太多太多的靈魂需要拯救
千百年來
麻木的心魂一直都在延續
些少人能珍惜自己的靈魂
眾多者靠著生存的本能過活
獵財的技能決定著人的前途和命運

沒有人在乎成功者如何鑽營
人們只在乎成功的結果
沒有人關注不公的所處
人們只顧自我能否躋身于成功的行列
精緻的利己主義者從來都缺乏社會道義的擔當
就算是人中龍鳳又有何社會價值

許多人生活在社會底層

許多靈魂沒有選擇
物質支配的處境限制著太多的夢想和未來
精神靈魂往往被禁錮在有限的空間
思想的放飛過於狹窄
遠大的抱負實在是顯得奢侈

有人只以物質存活
有人卻以精神生存
前者是物質的人生
後者是精神靈魂的融合
太多的人一生只懂追求物欲
太多的靈魂在不自主的活著
只是人們不會去承認人生的可悲

虛偽中，掙扎的靈魂不會誠實
貪婪裡，索取的野心不會滿足
罪惡的心魂總是欲求無度
人的靈魂確實需要救治
精神的詩人只能拯救有靈性的靈魂
畢竟，一切都要隨緣和講造化
上蒼也只會憐惜善良的靈魂
寬容大度的胸懷是多麼需要世人去真誠修煉

　　　　　　　2018年7月20日上帝詩人陳進勇作於北流家中床上

最高修行

作者：陳進勇

洞察人間百態而不為其所動
看透世人心智而不為其所惑
立身於社會而不參與私利爭鬥
苟活於世間無其私心雜念
君子有所為而有所不為
所為者：為于眾，為於民
所不為者：不為於私心，不為於私利
大丈夫之志
行使命於世間
不為己而獨活
報善恩於民眾
不唯利而獨享
修功於世
無害於民
啟智於愚
無蒙眾生
善心、善念、善行
修心、修德、修行

2018年8月2日上帝詩人陳進勇作於北流家中

紅顏不禍水，老婆共白頭

作者：陳進勇

相識于青春
相忘於江湖
紅顏不禍水
識趣識度識分離

莫相思
斷情懷
世間事
不盡美
人生短
一把相知埋心底
自此不見紅顏臉
收緊野心
好酒莫飲盡
好花莫賞完
愛鳥任天飛
愛魂任其然

留些遺憾
順應天意
好盡禍便至
殘缺月更媚
紅顏也好
知己也罷

同道相知不久在
精神靈魂短暫時
感歎紅顏知己
可歡莫可守
可知莫可戀
惟有老婆共天老
平淡包容共白頭

2018年11月18日上帝詩人陳進勇作於北流家中床上

天命有一略有悟

作者：陳進勇

看透了人生
看淡了生死
感悟了事物的變遷不可避免
由害怕到淡然
由抗爭到接納
知道人生的珍惜也抗爭不過命運的安排
生命的可貴也不能永恆無期

求佛無用
求道無能
虛無的東西總是不太實際
縹緲的忽悠絕不是人生的真諦
徒勞的求拜也求拜不出佛祖的真經
人生的真義確實需要靈魂的詩人啟迪

生命的真諦離不開傑出的詩篇感悟
成功的人生往往是對人類社會帶來正面的貢獻
靈魂的真誠與善良才是為人的根本
人心的善只是人性的善壓過了人性的惡
人心的惡也只是人性的惡壓過了人性的善
人是世間上最複雜的不可預估動物
你估量不到其是否為善
你也估量不到其是否為惡
所有的人都有兩面性
所有的人性都不會單純如一
複合的人格是人的本質所具
有亮麗的一面就會有黑暗的一面
只是你把亮麗的一面放大了
還是你把黑暗的一面放大了

有生就有死
有始未必有終
有好必有壞
有貪就有欲
人總想索求多於付出
期望大過貢獻
人也往往自視高大
容易苛求別人
輕易寬恕自己
不懂換位思考
不懂人生的真正含義
不懂生命的真正價值
總是狹義的認為財富就是成功
幸福就是擁有
沒有生命的使命感

缺無精神價值的更高要求
總是活在低層次的庸俗上
浮躁的靈魂掙脫不了原始的物質階層

人總會隱藏自己的黑暗面
高調展示自己的光明面
其實這些都不是人的真實面目
真實的面目必須用人的本質去全方位透視
真實的人生必須用靈魂去剖析
真實的人性必須用良知去衡量
請人們用自己的良知去拷問自己的靈魂
你心底上的良知是否還真的存在
你做人的靈魂是否已經放飛離身
你是在為善還是在為惡
為善者：修行
為惡者：罪孽

2019年1月3日上帝詩人陳進勇作於北流家中床上

我無法拯救沉默的大多數

作者：陳進勇

你沒有資格去逃避現實
寺廟並非是你的家園
青燈並非是你所能陪伴
你是詩人
你不是和尚

你與佛無緣
你不能一走了之
你無法逃避詩人的職責
你必須承擔拯救靈魂的重任
你已經無路可逃

看：那些貪婪的靈魂
他們都在幹些什麼傷天害理之事
為了利益
他們還有些什麼事情不能幹出來
出賣良知和靈魂的人太多太多
踐踏人性和忠厚的事不少不少
請把聚光燈照過來
看他們還有些什麼見不得人的勾當

無論宣傳機器如何運轉
也無論不良的媒體如何賣力粉飾
這些都不能把世間的醜陋裝飾成美好
把人世間的陰暗面打扮成陽光明媚的春天
睇：那些沉默的大多數
他們的靈魂都在下跪著求生
他們懦弱得只求麻木的過活
他們都是靈魂的囚徒
他們都是良知的禁錮者
他們都是愚昧的圍觀人
他們都是現實的勢利者

我的心在痛

可我實在無法拯救沉默的大多數
我的靈魂在顫抖
可我不是神仙聖人
我無法喚醒沉睡的靈魂
我也無法拯救沉默的大多數
我只能影響有限的靈性靈魂
來吧！那些有趣的靈魂們
請跟隨詩人的詩篇去感悟世間的萬事萬物
請帶上你們的良知和靈魂去衡量世間的美醜善惡

詩人雖然貧弱
可詩人絕不退縮
詩人能力有限
可詩人不能不去作為
因為：詩人是人類良知的最後一道防線
因為：詩人是人類靈魂的最後守護者
詩人不能不去防守
詩人不能不去抵禦世俗的醜陋
為了人世間的美好和善良
也為了忠厚和真誠得到應有的尊重
詩人不得不挺直自己的腰杆
擔負起世間的道義
讓醜惡受到心靈的審判
讓美善受到靈魂的讚美
不能黑變成白
也不能白變成黑
世間的曲直必須用我們的良知去擔當
世間的美醜必須用我們的靈魂去剖析
來吧！世間上所有的有趣靈魂
來吧！世間上所有的靈魂修行者

詩人的空間雖然微小
可那是人間的正義所在
詩人的能量雖然微弱
但，那是世道的正能量放射
雖然，不是所有的靈魂詩人都能拯救
可有些靈魂卻在時間和空間中等待著與詩人的靈魂碰撞共鳴

2019年3月14日早上帝詩人陳進勇作於北流家中床上

我們到底需要什麼樣的生活

作者：陳進勇

不要把錢看得太重
也不要把錢看得太輕
看重了
你就成了金錢的奴隸
看輕了
你就無法在現實的社會中生存

把錢看得適當
把人心過得正直
把適量的勞作當成鍛鍊
把生活過得其樂
把靈魂活得有趣
這便是真正的好生活

不要有不勞而獲的心理
也不要有損人利己的想法
歪門邪道往往會造成心靈上的扭曲
有違天理的事不值得崇尚
人生的意義不能以金錢作為衡量
生命的價值卻以貢獻作為前提
不以掠奪而為惡
不以欺詐而坑人
如果不能成為生活的主人
就請勿充當生活的惡者
不是所有的人都能傲骨
也不是所有的人都能善良
不是所有的心魂都能透亮
也不是所有的情操都能高尚
不是有文化人就會正直
也不是受了高等教育心靈就會高潔
不是生活了人就會自我淨化
也不是長大了人性就會必然存在
人的卑鄙與陰暗從來就是出自於人格
人的高尚和偉岸始終源於心魂

正直的人不會去做有違良知的事
明智者決不盲目崇拜明星和藝人
不是所有的矇騙都能讓人欣然接受
也不是所有的心魂都能讓人肅然起敬
造神運動過於愚昧
什麼都對便是荒唐

平凡的人只需平淡的生活

普通心就只求安寧
不要幻想
不要奢求
把日子過得安康
把良知過得無愧
把所想付之實行
堅守人性
永存天良
不負天地父母
不負五穀雜糧
這便是我們所需過的真實生活

2019年4月16日上帝詩人陳進勇作於北流家中

把苦惱化作春風，把愁腸化作玉液

作者：陳進勇

事實既然如此
開心也一天
不開心也一天
為什麼就不能開開心心的過活

不開心、憂鬱都於事無補
悲傷也改變不了現實
活著就需過活下去
壓力也就必須轉化為動力
抗壓能力成了最終的勝利法寶

不要再憂鬱
也不要再沉廢
人生哪有一帆風順事
挫折是人生常態
煩惱的事常有
每一個人都需要自我調節心情
不要過著活死人的生活
喪屍的生活真的不是人過的生活
活著就要有活著的意義
活著就要活得精彩
活得有真正的人生意義
記住
現實殘酷多於美好
虛偽多過真誠
有意義的人生少
無意義的活人多

上了年紀
一回望
你看到了身邊有些親人、熟人一個個的去世
莫名的傷感久痛不已
可人生便是如此
你不適應也得適應
你不接受也得接受
與其憂愁的過
不如快樂的活
不抑鬱
不悲傷

淡然接納人生的幸與不幸
把苦惱化作春風
把愁腸化作玉液
一杯飲盡
人生的愁和苦
生活的喜和樂

2019年8月16日上帝詩人陳進勇作於北流家中

平墳！為了後代和未來

作者：陳進勇

把胸懷和智慧上升到一定高度
把目光看得更加長遠
把未來睇得更加清晰
把自私降到能超越於自我的境界
把覺悟提升到能為後代和未來著想的高度
把精神昇華到能突破眼前狹隘的思想局限

平墳
這是中國必須實行的政策
去碑
這是中國不得不實行的措施
為了後代
為了未來
為了寶貴的有限土地資源
中國不得不實行平墳去碑策略

中國不得不實行綠色循環殯葬

可以樹葬
可以花葬
可以草坪葬
可以海葬
可以天葬
可以把骨灰撒向祖國的大地葬
總之，突破傳統觀念局限
不留墳
不立碑
不做水泥、沙石去硬化
綠色循環可利用
環保清潔山河秀

平凡的人沒有必要立碑建墳
死人不能與活人爭奪土地
國情不允許
人口太眾多
發展才是硬道理
變革方有好出路
十四億的人口基數過於巨大
總不能碑墳林立，滿山墳塋
幾代人下來
青山何在
綠水何方
國土悠悠
未來出路何處

國情不允許
土地資源確有限
老觀念的傳統土葬方式必須改變
國人的殯葬方式必須實行綠色環保
紀念祖先
不必建墳立碑
敬仰上祖
在於內心，不在於外形

為了中國的未來
為了後代還能擁有青山綠水
不能讓死人再與活人爭奪土地
不能再給國家增添負擔
不能再給環保帶來壓力
舍小家為大家
舍小我為大我
在大局面前
在未來面前
決不能漫山遍野全是死人墳墓
大局所需
登高望遠
希望的未來
必將是一個山青水秀、鳥語花香的芬芳世界

破除迷信
抵制神棍、仙姑、地理佬
不搞墳墓普建
不搞風水地理

信科學而不信神鬼
崇智慧而不尊愚盲
重生不重死
生前活好而死後無害
平墳吧
國人們
思念在於心中，不在於形式
敬仰在於善念，不在於外表
相信吧
祖先有足夠的胸懷和度量無須碑墳
因為
祖先也想自己的後代好
祖先也想自己的後代有足夠的空間生存
不願意：神州大地碑墳林立
不願意：烏煙瘴氣亂墳崗

平墳吧
真正的孝順在於生時所敬所愛
真正的孝心在於健在時的真誠侍奉
為了國家
為了未來
為了國民生存空間
為了青山永保
為了綠水長流
為了泉水叮咚
國家真的必須實行平墳去碑政策
國家真的必須實行綠色環保殯葬
從領導人做起
從公務員做起
從黨員做起

平墳！去碑！綠色殯葬
樹葬、海葬、綠色循環葬
　　2019年10月8日早上帝詩人陳進勇為青山綠水而作於北流家中床上

修煉之真諦

作者：陳進勇

修煉不是讓你逃避社會
修煉也不是讓你不敢面對現實
修煉更不是讓你膽怯懦弱
修煉真的不是讓你去苟且偷生

修煉是讓你修煉內心的強大
修煉是讓你鍛鍊出堅強的意志
磨練出超越于常人之能耐
修成精神靈魂上的至臻至善

修煉是出自於你真實的內心
修煉也是出自於你真實的靈魂
真正的修煉不是搞虛假的外表形式
真正的修煉也不是搞山頭，立窩棚
真正的修煉是不管身處何地何境
都是一心內煉自身
內煉自己的精神靈魂
不因外惡而屈從

不因內懦而逃避
真正的修煉
不單只是為了自己
真正的修煉
更是為了普渡眾生
真正的修煉
會賦予自己有一定的使命感
是貧則獨善其身
是達則兼濟天下
這個貢獻
或是財物
或是智慧
或是拯救人的精神靈魂

修，不是為了避
煉，不是為了懦
修，是為了自身更加強大和完善
煉，是為了擁有真正的強大本領
修煉不單是為了自己的身心
修煉還關係著自己對社會是否有所付出
修煉還關係著自己對人類自身是否有所貢獻
修煉真的是在考驗著自己是否對得起自己的靈魂

2019年10月27日上帝詩人陳進勇作於北流家中

我的內心在掙扎在滴血

作者：陳進勇

我看見一位老人在路上摔倒
我想幫幫你，老人家
我真的想上前去扶你起來
可我的家產有限
我幫不了你
我也扶不起你
太多的事例證實
人心的險惡
人性的可悲
碰瓷的訛詐和家屬的誣賴
讓好心不再
讓好人難當
讓幫扶者心寒
讓善良人失望

我的內心在彷徨
我的精神在掙扎
良知和人性讓我想去扶你起來
可我不敢扶
可我不敢幫
我不得不考慮我扶你的後果
我不得不考慮我扶你是否帶來風險和誤會
我為我的多慮感到悲哀
我也為我的怯懦感到厭惡
到底是我真的沒有人性

還是我真的缺乏良知

我害怕你會賴上我
我也害怕你會訛人
我怕你的家屬不講道理
我怕你的家人拉著我去墊背
我怕我自己受到委屈和不公
因為
訛上就能搞到幫扶者的錢財
因為
訛上就可以不管好心人是否冤屈
因為
訛上就可以找到一個倒楣蛋代付醫藥費
因為
訛上就算被證實是誣賴也無須承擔風險

現實的無恥讓人無法適從
南京法官的話語讓天下的善心顫抖
”不是你撞的，為什麼要扶？！”
我的心在驚
我的膽在寒
不是我撞的
我為什麼就不能扶
不是我撞的
我為什麼就不能堅負起人性去扶
不是我撞的
我為什麼就不能擔負起善良去扶

不是人心在冷漠
也不是道德在淪喪
是人性在缺失
是靈魂尚未光明
是有的人的人格低下
是有的人的心靈陰暗
是法律在滯後
是司法支持不足
不能支撐起正義的力量
不能懲治貪婪的人心
讓罪惡發抖
讓正義高揚

我真的不知如何是好
摔倒的路人
我希望你能自求多福
我希望老天有眼
我實在是無能為力
我實在是愛莫能助
我不為我自己著想
我也得為我的家人著想
我的家庭經濟真的讓我做不了好心人
我的家境真的讓我扶不起一個摔倒的路人
請別怨我冷漠
請別怨我無情
現實讓善良的人在退縮
社會讓貪婪的人性受到鼓勵
讓醜惡在延續
讓樂善在停滯
讓人性在人間中暗色

讓良知在社會裡掙扎
讓本善痛楚
讓天下的善心滴血

2019年11月12日上帝詩人陳進勇作於路上

誰能拯救我們的三元里

作者：陳進勇

如果你站立在三元里的街上
你就會以為你是置身國外
卻不知：你站立的地方正是中國的土地

現在的三元里已經淪陷成了黑人的天堂
廣州不可置否的以黑為美
看一看滿街的黑人
你就會有鵲巢鳩佔的悲哀感覺
痛心疾首啊！我們的三元里
我想問一下移民管理局
我也想問一下廣州出入境管理部門
你們真的睡了還是在裝睡
為什麼廣州這麼多黑人
為什麼三元里就成了黑人的樂園

我們並不排外
我們也歡迎天下的朋友來中國作客

你們來中國旅遊也好
你們來中國經商也罷
你們來中國留學也行
可來了，你們就得按時回去
不能賴在中國
中國雖好卻不是你們的國家
合法的往來我們歡迎
非法的滯留我們反對
我們不歡迎你們偷渡來我國
我們也不歡迎你們撕毀簽證非法留居
我們更不歡迎你們在中國做"三非"人員
我們真的不歡迎你們做違法犯罪的活動
這是中國人的土地
不是外國人違法犯罪的地方
這是炎黃子孫的生養地
不是外國人非法滯留的樂園

廣州，請你自重
請你不要以黑為美
請你為了中華民族的血統要有所作為
請你為了國家的未來要有所擔當
三元里真的不能淪陷成為黑人的天堂
三元里是中國人的三元里
三元里不是黑人的聚居繁殖地

三元里真的在哭泣
三元里真的在掙扎
抗英的先烈們不知在九泉之下有何感慨
滿街的黑人讓族之患近已

酒囊飯袋者
國之殤遠乎
詩人無奈
誰為之擔責
誰為之有愧奉祿
誰為之有愧祖先
誰為之有愧自己的國家和民族
當黑色的巨流奔湧在廣州城時
將會後患無窮
難有寧日

2020年3月5日上帝詩人陳進勇為中華民族而作

我們真的無須崇洋

作者：陳進勇

君不見
無論中國做些什麼事
也無論做得好與不好
都會招來西方的攻擊和批評

你不如他們時
是你的錯
你強過他們時
也是你的錯
在某些西方人的眼裡
是容不了你好過他們

在某些西方人的觀念中
是容不了你傑出過他們
他們有著雙重的評判標準
什麼都想自己優先
什麼都想風景這邊獨好
見不得別人優秀
容不了別人所長
講理、講善良對於霸權的西方而言
那是不可能的事情
他們實行的是槍炮主義政策
他們所做的是打家劫舍的強盜行為

為了他們西方人的利益
他們有什麼事情幹不出來
為了他們西方國家的極端目的
他們挑起的戰爭還少嗎
為了唯我獨尊的霸權主義
他們禍害別的國家和人民還少嗎
太多太多的悲慘事例不勝枚舉
太多太多的家破人亡不忍直視
難道這就是西方的文明
難道這就是西方的精神
難道這就是西方的人權
不！不！不
這絕不是文明
這絕不是精神
這絕不是人權
這是恃強凌弱
這是作惡多端
這是西方的霸權主義

這是為了一己之私而實行的殘暴行為
這是某些西方國家的醜陋嘴臉
這是反人類善良的資本貪婪

別崇洋媚外了
西方人真的不懂得與人為善
西方人真的不懂得己所不欲，勿施於人
西方人真的習慣了嗜血成性的掠奪
我們真的沒有必要崇尚西方
我們真的沒有必要崇拜強詞奪理的野蠻人
我們可以學西人之長，補己之短
但，我們真的沒有必要學他們的強盜邏輯
因為
我們崇尚的是和睦相處
因為
我們崇尚的是互幫互助
因為
我們崇尚的是共同發展
因為
我們崇尚的是互利共贏
對於三觀不正的國家和民族
我們真的沒有必要理會
我們也真的沒有必要再做東郭先生
《農夫和蛇》的故事真的不能重演太多

別再盲目崇洋了
西方未必就是神明
洋垃圾往往多於智者
論歷史與文化久遠

中華早已勝出

論人善心慈

現時西方確實不如中華

論歷史盛衰變遷

中華民族到了復興的歷史時刻

只要我們大家團結一致

無論外強如何不甘和使壞

也阻擋不了我們中華民族的偉大復興

對人生有所負責

對民族有所擔當

對國家有所貢獻

不崇洋，不媚外

是我們每一個中國人所應樹立的思想觀念

請大家共同努力

強我中華，盛我國家

興我民族，旺我華夏

以中國人為自豪，以華夏魂為驕傲

屹立東方，不負祖先之期望

2020年4月9日上帝詩人陳進勇作於北流家中

舉杯封筆謝天下

作者：陳進勇

孤獨求敗

高處不勝寒

筆如劍
三十年未逢對手

曾擁紅顏知己
愜意詩歌人生
久浴天地精華
有超凡脫俗之感受
作詩如神遊
下筆如亮劍
劍鋒無敵
劍指何方
端杯環顧
看蒼生而愴然涕下
卅年文字生涯
句句字字無媚骨
半百人異乎尋常
著一書足以慰平生

大隱於市
樂於市井生活
喜游于詩於俗
交替于高雅與庸俗兩境界
該耍已耍
該樂已樂
至今確無多少遺憾事
使命完畢
放下蒼生觀日月
斟滿樽
茶酒詩書度餘生

不問世事
埋筆江湖

　　　　　2020年5月6日早上帝詩人陳進勇作於書房

附：
《橫筆獨詩天下》中穿透詩書的詩句精選

1. 為私利奔波無足掛齒
   為智慧挖掘千古流芳
   ——選自《歡欣的上帝》中的《詩人和詩》

2. 鮮花也許會在流毒中開放
   美譽卻不會在醜惡裡誕生
   ——選自《歡欣的上帝》中的《年輕的生命要懂得》

3. 上帝能容忍得女人的庸俗
   上帝卻不能容忍得男人的無為
   ——選自《歡欣的上帝》中的《男兒歌》

4. 窮能堅志
   富可中庸
   ——選自《歡欣的上帝》中的《孤兒之歌》

5. 生活最多勢利眼
   無錢沒利鬼理君
   ——選自《歡欣的上帝》中的《世上歌》

6. 人生好似寺廟經
   苦難情結靠自解
   ——選自《歡欣的上帝》中的《世上歌》

7. 別歌明日念舊事
   人生只唱今日歌
   ──選自《歡欣的上帝》中的《世上歌》

8. 出人頭地苦中鬥
   財富身價功成來
   ──選自《歡欣的上帝》中的《賣茶翁與發達者》

9. 刀刀見血要盈利
   買賣不是小戲兒
   ──選自《歡欣的上帝》中的《賣茶翁與發達者》

10. 人生真誠最難求
    幾多富豪醜惡臉
    ──選自《歡欣的上帝》中的《賣茶翁與發達者》

11. 我受得住你愛的風暴
    卻承受不了你無聲的放棄
    ──選自《歡欣的上帝》中的《風箏》

12. 讀你的時候
    是一種美的享受
    想你的時候
    是一種無奈的對你留戀
    ──選自《歡欣的上帝》中的《心扉》

13. 做人不是為著自私而活著
    做人是為著仁愛而活著
    ──選自《歡欣的上帝》中的《給媽媽的詩言》

14. 人總不能只為自己活著
　　友愛會使人活得更加歡樂和幸福
　　——選自《歡欣的上帝》中的《給媽媽的詩言》

15. 在世有期
　　愛你無悔
　　——選自《歡欣的上帝》中的《愛憂歌》

16. 我們逃不脫自私
　　就像我們逃不脫死亡
　　——選自《歡欣的上帝》中的《赤裸的上帝》

17. 別把世界看得那麼美好
　　也別把世界看得那麼糟糕
　　——選自《歡欣的上帝》中的《赤裸的上帝》

18. 我們無法與社會對抗
　　我們就只有適應社會的發展
　　——選自《歡欣的上帝》中的《赤裸的上帝》

19. 生活不相信眼淚
　　婚姻只相信現實
　　——選自《歡欣的上帝》中的《感受人生》

20. 幸福是什麼
　　幸福是對生活美好的感受
　　——選自《歡欣的上帝》中的《感受人生》

21. 我們有理由拋棄幻想
　　我們卻沒有理由放棄生活
　　——選自《歡欣的上帝》中的《生活不相信眼淚》

22. 我們只能在前進中求生存
    我們絕不可能在退縮中有安身
    ——選自《歡欣的上帝》中的《生活不相信眼淚》

23. 逆境中堅忍
    痛楚裡承受
    ——選自《歡欣的上帝》中的《作男人就必須忍辱負重》

24. 人世間雖然有時無理可講
    可詩心卻自有公道訴說
    ——選自《歡欣的上帝》中的《詩人的使命》

25. 生活使靈魂高尚的人變得庸俗
    掙錢讓高貴的人品變得下賤
    ——選自《上帝詩人》中的《我們的精神家園》

26. 相愛不恨晚
    相識不怨遲
    ——選自《上帝詩人》中的《愛心飛翔》

27. 生活並不因為你過得艱難而同情你
    生活也並不因為你過得儉樸而讚賞你
    ——選自《上帝詩人》中的《生活的本義》

28. 婚姻需要金錢作為支撐運作
    愛情卻只須赤誠的情感相互付出真情
    ——選自《上帝詩人》中的《只有情感化的女人才會有真心的愛》

29. 貧窮並不羞恥
    強勢並非好人
    ——選自《上帝詩人》中的《上帝詩人致某些作惡的城管們》

30. 從善不會心虧
    作惡只會魂醜
    ——選自《上帝詩人》中的《上帝詩人致某些作惡的城管們》

31. 為人只作修心積德和善事
    處世莫有損人利己私利心
    ——選自《上帝詩人》中的《上帝詩人致某些作惡的城管們》

32. 衣冠楚楚可以包裝出一個包藏禍心的禽獸
    心地善良之人卻無須華麗的衣裳打扮修飾
    ——選自《上帝詩人》中的《一個詩者的詩歌人生感悟》

33. 錢財可以裝飾人格低劣的惡者
    可詩才文筆卻只有真正的詩者才能擁有
    ——選自《上帝詩人》中的《一個詩者的詩歌人生感悟》

34. 人俗只求富貴
    詩心無須庸魂
    ——選自《上帝詩人》中的《人與詩》

35. 上天會讓物質性的人今生只為物質存活
    上天也會讓具有詩心的人擁有著詩的天地
    ——選自《上帝詩人》中的《人與詩》

36. 志比天高
    詩如地厚
    ——選自《上帝詩人》中的《詩心何在》

37. 人窮氣節在
    衣破壯骨露。
    ——選自《上帝詩人》中的《惡魂難度》

38. 幻想多於現實
　　心胸寬過大地
　　　——選自《詩者我也》中的《勿嫁詩郎，肚餓心慌》

39. 有山不賞月
　　有水不看花
　　此山須是桂林山
　　此水須是灕江水
　　　——選自《詩者我也》中的《桂林山水之妙合天成》

40. 桂林的山秀，秀就秀在水中
　　桂林的水美，美就美在水影山
　　　——選自《詩者我也》中的《桂林山水之妙合天成》

41. 位微尚未忘本
　　人窮猶知心善
　　　——選自《詩者我也》中的《在生論善德，是人崇智慧》

42. 人要本分
　　心要善行
　　　——選自《詩者我也》中的《在生論善德，是人崇智慧》

43. 清淡未失人生意義
　　富貴缺德猶為可恥
　　　——選自《詩者我也》中的《在生論善德，是人崇智慧》

44. 錢多無才枉生人世
　　缺學少識空有人骨
　　　——《詩者我也》中的《在生論善德，是人崇智慧》

45. 讀懂了孤獨你的內心就會強大
    讀懂了孤獨你的靈魂就會發光
    ——選自《詩者我也》中的《孤獨的詩心》

46. 人最高境界的活著不是在物質而是在精神
    人最卑鄙的活著不是在生活外表而是在內心靈魂
    ——選自《詩者我也》中的《一個詩者的人生感悟》

47. 與詩活著快樂
    與俗相伴噁心
    ——選自《詩者我也》中的《生活如此不詩意》

48. 崇拜錢財的心魂沒有道義
    唯利是圖的靈魂毫無羞恥
    ——選自《詩者我也》中的《詩會永恆，人會懸浮》

49. 不是所有的心靈都能逃脫原始的進化束縛
    不是所有的靈魂都能擺脫自私的本性所能
    ——選自《詩者我也》中的《詩會永恆，人會懸浮》

50. 人生的最高境界不在於擁有多少財物
    人生的最高境界在於精神靈魂上的最高修煉
    ——選自《詩者我也》中的《魂歸詩道》

51. 慈善的心腸也不在於吃多少齋念多少佛
    慈善的心腸在於內心上的大慈大悲
    ——選自《詩者我也》中的《魂歸詩道》

52. 勢利可恥
    忠厚無愧
    ——選自《詩者我也》中的《魂歸詩道》

53. 所有的世俗浮華都將歸還塵土
　　所有的慈善心腸都有所輪迴
　　　　——選自《詩者我也》中的《魂歸詩道》

54. 人性的惡劣塵世塑造
　　靈魂的可憎自身造就
　　　　——選自《詩者我也》中的《魂歸詩道》

55. 心靈的純潔在於自律
　　靈魂的偉岸出自人格
　　　　——選自《詩者我也》中的《魂歸詩道》

56. 人可以中庸無為
　　魂不可以至死無潔
　　　　——選自《詩者我也》中的《魂歸詩道》

57. 人生可以孤苦伶仃漂泊於世
　　人格不可趨炎附勢有辱自尊
　　　　——選自《詩者我也》中的《魂歸詩道》

58. 伴詩而活內心自淨
　　伴魂而生人品自高
　　　　——選自《詩者我也》中的《魂歸詩道》

59. 為高尚的心靈活著高人一等
　　為自私的物欲生存卑鄙一生
　　　　——選自《詩者我也》中的《魂歸詩道》

60. 生活乃須真誠
　　活世永不欺心
　　　　——選自《詩者我也》中的《一個詩人的人生真諦》

61. 生活之樂趣在於自娛
　　人生之真諦出自自省
　　——選自《詩者我也》中的《一個詩人的人生真諦》

62. 文人騷客以詩文為立命
　　才智情操以修心為至上
　　——選自《詩者我也》中的《一個詩人的人生真諦》

63. 刺刀下沒有仁慈
　　槍炮中只有硝煙
　　——選自《詩者我也》中的《備戰吧！同胞們》

64. 歷史不會相信眼淚
　　歷史只會相信現實
　　——選自《詩者我也》中的《備戰吧！同胞們》

65. 不以處境私利而動其心
　　不以權貴屈從而動其志
　　——選自《詩者我也》中的《詩者天命之使然》

66. 人活著不在於長命而在於活著時的真實品質和意義
　　人健在不在於喘息而在於生命中有意義的思想和行為
　　——選自《詩者我也》中的《過好當下的每一天》

67. 行善可為
　　行惡莫作
　　——選自《詩者我也》中的《慈善必須與精神同行》

68. 紅塵的世間
　　有多少虛虛假假偽偽真真

庸俗的世道
有多少真善真美真仁真義
　　——選自《詩者我也》中的《善在修行》

69. 世道之壞莫過於人心
　　人性之醜莫過於利欲
　　　——選自《詩者我也》中的《善在修行》

70. 殺戮不會成就人性
　　善良不會聚焦惡劣
　　　——選自《詩者我也》中的《寧為微塵，不做罪惡心魂》

71. 有原罪本是罪過
　　有掠奪並非善根
　　　——選自《詩者我也》中的《寧為微塵，不做罪惡心魂》

72. 不崇尚血淋淋的成功
　　不稀罕血腥味的財富
　　不期待永留罵名的功績
　　　——選自《詩者我也》中的《寧為微塵，不做罪惡心魂》

73. 胸懷佛祖之慈悲
　　心裝蒼生之苦難
　　　——選自《詩者我也》中的《寧為微塵，不做罪惡心魂》

74. 虛偽中，掙扎的靈魂不會誠實
　　貪婪裡，索取的野心不會滿足
　　　——選自《詩者我也》中的《太多的靈魂需要拯救》

75. 修功於世
　　無害於民

啟智於愚
無蒙眾生
——選自《詩者我也》中的《最高修行》

76. 善心、善念、善行
修心、修德、修行
——選自《詩者我也》中的《最高修行》

77. 讓醜惡受到心靈的審判
讓美善受到靈魂的讚美
——選自《詩者我也》中的《我無法拯救沉默的大多數》

78. 世間的曲直必須用我們的良知去擔當
世間的美醜必須用我們的靈魂去剖析
——選自《詩者我也》中的《我無法拯救沉默的大多數》

79. 不以掠奪而為惡
不以欺詐而坑人
——選自《詩者我也》中的《我們到底需要什麼樣的生活》

80. 不是所有的人都能傲骨
也不是所有的人都能善良
不是所有的心魂都能透亮
也不是所有的情操都能高尚
——選自《詩者我也》中的《我們到底需要什麼樣的生活》

81. 不是所有的矇騙都能讓人欣然接受
也不是所有的心魂都能讓人肅然起敬
——選自《詩者我也》中的《我們到底需要什麼樣的生活》

把苦惱化作春風
把愁腸化作玉液
——選自《詩者我也》中的《把苦惱化作春風，把愁腸化作玉液》

83. 信科學而不信神鬼
崇智慧而不尊愚盲
——選自《詩者我也》中的《平墳！為了後代和未來》

84. 不因外惡而屈從
不因內懦而逃避
——選自《詩者我也》中的《修煉之真諦》

85. 對人生有所負責
對民族有所擔當
對國家有所貢獻
不崇洋，不媚外
是我們每一個中國人所應樹立的思想觀念
——選自《詩者我也》中的《我們真的無須崇洋》

上帝詩人陳進勇簡介和聲明

　　陳進勇，男，1968年4月7日出生，中國廣西玉林市福綿鎮人。著有《歡欣的上帝》、《上帝詩人》、《詩者我也》三部作品集。此三部作品集合成一書：《橫筆獨詩天下》！此版本是在以往出版的舊版本上經作者陳進勇親自認真修訂（某些地方修訂了錯字或句子），修訂時間是2020年9月。此版本為《橫筆獨詩天下》全集的終極修訂版，以後出版必須以此終極修訂版為准。為了確保我著的《橫筆獨詩天下》的完整性，作者在此聲明：《橫筆獨詩天下》的每一首作品永遠都不得刪減出版、出售！只能授權在限定的時間內出版完整的著作，絕對不得賣斷版權。以後的出版也必須保留我著作的完整性，不得對作品進行任何修改、刪減、改編。還有，作品的署名權不容侵犯！

　　未經作者授權許可，任何單位和個人均不得出版、選編、改編、翻譯、複製、複印、轉帖、傳播。未經授權許可，也不得用於任何商業性的用途。《橫筆獨詩天下》（UNIQUE POEMS FROM CONTEMPORARY CHINA）2014年1月已由美國學術出版社（AAP）在美國出版發行簡體中文版；2015年6月由香港的香江出版社在香港出版發行《歡欣的上帝》和《上帝詩人》繁體字版；2015年8月由臺灣秀威資訊科技股份有限公司的「獵海人」在臺灣出版發行《橫筆獨詩天下》的繁體字版；2018年由美國學術出版社（AAP）在美國出版發行《橫筆獨詩天下》UNIQUEPOEMSFROMCONTEMPORARYCHINA(RevisedEdition)簡體字修訂版；2019年10月由臺灣秀威資訊科技股份有限公司的「獵海人」在臺灣出版發行《橫筆獨詩天下》繁體字修訂版；2021年由臺灣秀威資訊科技股份有限公司的「獵海人」在臺灣出版發行《橫筆獨詩天下》全集終極修訂版的繁體字版。

：如果您讀過我的著作，並且認為值得您捐款支持上帝詩人陳進勇
人類創作而作出的貢獻。捐款帳戶如下：

中國郵政儲蓄銀行戶名：陳進勇
卡號：6217996100034077956

陳進勇手機：13507807611　微信：cjycjy888
郵箱：cjy282828@163.com　QQ：490340839

國家圖書館出版品預行編目

橫筆獨詩天下 / 陳進勇著. -- 二版. -- 臺北市：
獵海人, 2021.06
    面；　公分
    ISBN 978-986-06560-2-2(平裝)

851.487   110009450

橫筆獨詩天下
（全集終極修訂版）

作　　　者／陳進勇
出版策劃／獵海人
製作銷售／秀威資訊科技股份有限公司

　　　　　　114 台北市內湖區瑞光路76巷69號2樓
　　　　　　電話：+886-2-2796-3638
　　　　　　傳真：+886-2-2796-1377

網路訂購／秀威書店：http://store.showwe.tw
　　　　　　博客來網路書店：http://www.books.com.tw
　　　　　　三民網路書店：http://www.m.sanmin.com.tw
　　　　　　讀冊生活：http://www.taaze.tw

出版日期／2021年6月（二版）
定　　　價／450元